Adrien Decourcelle

Les tribulations d'un témoin

Pièce en trois actes

Anatiposi

Adrien Decourcelle

Les tribulations d'un témoin
Pièce en trois actes

Réimpression inchangée de l'édition originale de 1868.

1ère édition 2023 | ISBN: 978-3-38220-572-0

Anatiposi Verlag est une marque de Outlook Verlagsgesellschaft mbH.

Verlag (Éditeur): Outlook Verlag GmbH, Zeilweg 44, 60439 Frankfurt, Deutschland
Vertretungsberechtigt (Représentant autorisé): E. Roepke, Zeilweg 44, 60439 Frankfurt, Deutschland
Druck (Imprimerie): Books on Demand GmbH, In de Tarpen 42, 22848 Norderstedt, Deutschland

LES TRIBULATIONS

D'UN TÉMOIN

PIÈCE EN TROIS ACTES

PAR

M. ADRIEN DECOURCELLE

REPRÉSENTÉE

pour la première fois à Paris, sur le théâtre des Bouffes-Parisiens,
le 15 janvier 1868.

PARIS

LIBRAIRIE DRAMATIQUE

10, RUE DE LA BOURSE, 10

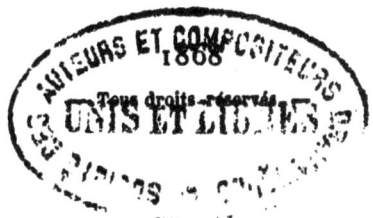

PERSONNAGES

—

MOUTONNET, opticien...............	MM. CHARLES PEREY.
LESCAROL, caporal sapeur...........	LACOMBE.
DUVIVIER, marchand de drap, ami de Moutonnet......................	OSCAR.
GUSTAVE DUVIVIER, son fils, avocat...	DUCHESNE.
TAILFER, propriétaire...............	MONTBARS.
ALFRED LAMY, étudiant en médecine..	DUMOULIN.
SAINT-ROMAIN...................	FIRMIN.
FÉLICIEN, garçon de magasin de Moutonnet.......................	VIVIER.
PICARD, jardinier de Tailfer..........	AUBERT.
UN INCONNU (tout de noir habillé)....	HOWEY.
DUBARÉGE.....................	POIRIER.
MADAME MOUTONNET.............	Mmes DUPUIS.
OLYMPE, sa fille.................	JOUVEN.
VÉRONIQUE, servante de Tailfer......	MOÏNA.

BIBLIOTHÈQUE SPÉCIALE

DE LA

SOCIÉTÉ DES AUTEURS ET COMPOSITEURS DRAMATIQUES

Agent général : LOUIS LACOUR.

LES TRIBULATIONS D'UN TÉMOIN

ACTE PREMIER

A PARIS, CHEZ M. MOUTONNET

Un salon formant magasin d'opticien. Vitrines et casiers contenant des lorgnettes, lunettes, télescopes, etc. Au fond, au milieu, une large fenêtre donnant sur la rue. Une porte dans le fond, aussi à gauche de cette fenêtre. Portes latérales ; celle de gauche conduisant à la boutique, et celle de droite à la chambre de Moutonnet. Un coffre-fort contre le mur à gauche, premier plan. Une table ovale à droite. Un buffet, au fond, du même côté; un petit bureau à gauche.

SCÈNE PREMIÈRE

OLYMPE, FÉLICIEN, *puis* SOPHIE.

OLYMPE *entre de gauche, suivie de Félicien. — Elle lui fait signe de se taire, et se dirige vers la droite sur la pointe du pied.*

FÉLICIEN, *bas.*

Eh bien?

OLYMPE, *regardant par la porte de droite.*

Il se fait la barbe.

FÉLICIEN.

Alors! nous avons le temps.

OLYMPE, *allant à gauche.*

Maman!... papa se fait la barbe, viens vite.

SOPHIE, *entrant de gauche avec précaution, et venan au milieu de la scène.**

Me voici... et voilà mon cadeau!

OLYMPE *et* FÉLICIEN.

Oh! la belle blague!

FÉLICIEN.

Moi... voici le mien!

OLYMPE.

Oh! la belle pipe!

* Olympe, Sophie, Félicien.

OLYMPE.

Moi, voici ma surprise.

FÉLICIEN.

Oh ! les belles bretelles !

SOPHIE.

Mais, c'est trop beau, mon enfant.

OLYMPE, *avec sentiment.*

C'est qu'en les brodant, je savais que je travaillais un peu... pour ma mère.

SOPHIE.

Chère enfant !

FÉLICIEN, *découvrant une cave à liqueurs qui est sur la table.*

Et voici le bouquet ! (*Les dames se rapprochent vivement de lui.*)

SOPHIE.

Une cave à liqueurs !

FÉLICIEN.

Oui, madame Moutonnet, une cave... et habitée jusqu'au grenier ! Rhum, kirsch, anisette.

SOPHIE.

Mais, qui a pu envoyer ?...

FÉLICIEN.

Les placiers de la maison... Oh ! quand ils ont su que c'était la Saint-Borromée, il n'y a eu qu'une voix ! et ça se comprend, monsieur est si aimé.

OLYMPE.

Ça se comprend, il est si bon ! (*Elle va à la table.*)*

SOPHIE.

Ça se comprend, il est si heureux... ses lunettes vont, ses lorgnettes marchent, ses pince-nez s'envolent d'eux-mêmes, et sa nouvelle lanterne magique va mettre le comble à notre prospérité !

FÉLICIEN, *venant à Sophie.***

Le fait est que c'est rudement beau, la lanterne ! On se croirait à l'Opéra. (*Il remonte.*)

SOPHIE, *à Olympe.*

Ah ! à propos de lanterne, tu sais, tu n'épouses plus monsieur Alfred.

OLYMPE, *en train de disposer les cadeaux sur la table.*

Tiens, pourquoi donc ?

SOPHIE.

La lanterne nous a éclairés sur ce projet.

* Sophie, Olympe, Félicien.
** Sophie, Félicien, Olympe.

OLYMPE.

Ah! la lanterne...

SOPHIE.

Oui... et tu épouseras, à la place, le fils de monsieur Duvivier.

OLYMPE.

Ah!

SOPHIE.

Tu n'es pas contente ?

OLYMPE, *revenant en scène.*

Ce n'est pas que je ne sois pas contente, c'est que je ne le connais pas.

SOPHIE.

Un jeune homme charmant, qui va être reçu avocat, et qui, en attendant, dirige la manufacture de son père, à Sedan... Un avocat, ça vaut mieux qu'un étudiant en médecine... à perpétuité.

OLYMPE.

Monsieur Alfred disait, l'autre jour, qu'il allait avoir fini... son temps; et un médecin...

SOPHIE.

Oui! ça a son bon côté; mais on peut ne pas être malade et avoir un procès.

OLYMPE.

On peut, aussi, n'avoir pas de procès et tomber malade...

SOPHIE

Sans doute, sans doute... mais enfin, ton père a donné parole à Duvivier, qui lui a prêté trente mille francs, sans reçu, pour lancer sa lanterne... sans reçu! C'est un beau trait, ça; car monsieur Duvivier peut mourir, et nous garderions ses trente mille francs... si nous en étions capables!... Mais, Dieu merci, nous sommes connus sur la place!

FÉLICIEN, *qui est resté au fond à guetter.*

Hum!... voici monsieur.

SOPHIE.

Vite, cachons-nous, pour jouir de sa surprise. (*On a mis les cadeaux sur une table, où étaient déjà les bouquets. — Elles se cachent: Sophie dans la porte du fond, Olympe dans la porte de gauche, et Félicien sous la table.*)

SCÈNE II

LES MÊMES, *à l'écart;* MOUTONNET.

MOUTONNET, *qui entre en fredonnant et descend jusqu'à l'avant-scène.*

Bu, qui s'avance,

Bu, qui s'avance!
(*Il regarde autour de lui à la dérobée.*)

C'est ma fête... Ils sont là, cachés dans les coins, et les cadeaux sont là, qui me crèvent les yeux... mais je dois feindre la surprise... c'est l'usage de la maison. (*Haut.*) Hum! Comment, huit heures vingt-cinq, et personne de levé? (*S'arrêtant devant la table, en feignant l'étonnement le plus profond.*) Tiens! qu'est-ce que c'est que ça?... à qui peuvent être destinés ces... délicieux objets?

TOUS *sortent doucement de leur cachette, s'avancent vers la table et l'entourent.*

Coucou! coucou! coucou!

MOUTONNET.*

Vous, mes enfants? pourriez-vous m'expliquer...

OLYMPE, *donnant les bretelles.*

Ça, c'est pour son petit père chéri.

SOPHIE, *donnant la blague à tabac.*

Ça, c'est pour son époux adoré.

FÉLICIEN, *donnant la pipe.*

Et ça, monsieur Moutonnet, c'est pour le plus vénéré des patrons: ainsi que ce petit meuble... (*Il désigne la cave à liqueurs.*)

MOUTONNET.

Oh! c'est d'un goût exquis!... Mais à quel propos, toutes ces charmantes surprises?

SOPHIE *et* OLYMPE.

A propos de ta fête!

FÉLICIEN.

A propos de la Saint-Borromée!

MOUTONNET, *feignant la plus grande surprise.*

Comment, c'est ma fête?...

OLYMPE *et* SOPHIE.

Il ne le savait pas!!!

MOUTONNET.

Et moi, qui ne m'en doutais seulement pas! Ah! mes enfants, je suis bien heureux! je me le disais tout à l'heure, à moi-même, en me faisant la barbe. (*Regardant autour de lui et se levant. Ils descendent lentement dans le même ordre.*) Mais quelqu'un manque à la fête... Où est donc notre hôte? ce bon, cet excellent Duvivier, qui m'a prêté... sans reçu... (*Désignant la caisse.*) Ils sont là... et j'espère n'en avoir pas besoin, vu la commande des deux mille pince-nez pour l'Amérique, que je dois livrer demain, et qui me se-

* Olympe, Montonnet, Sophie, Félicien.

ront payés comptant... Ah! c'est égal, c'est un trait que
je..... Mais où est-il donc, cet animal-là?...

FÉLICIEN, *s'approchant.*

Monsieur Duvivier? Je l'ai vu sortir, ce matin, de très-
bonne heure, et d'un air mystérieux.

MOUTONNET.

D'un air myst... et moi qui l'accusais !... Je comprends...
il est allé dévaliser les boutiques, et il va falloir encore que
je fasse semblant...

OLYMPE.

Tu dis?

MOUTONNET.

Hum! rien !... je... A propos, ta mère t'a fait part du
petit changement?

OLYMPE.

Oui, papa, mais...

MOUTONNET.

C'est bien, mon enfant, tu me remercieras plus tard...
Ah! voici Duvivier.

SCÈNE III

Les Mêmes, DUVIVIER, *un paquet sous le bras. Il a l'air
préoccupé* *.

MOUTONNET, *bas, à sa fille, en désignant de l'œil le paquet.*

Hein! qu'est-ce que je vous disais? (*Haut.*) Bonjour, mon
cher Duvivier! Où diable as-tu pu aller de si b...

DUVIVIER, *déposant le paquet sur le bureau à gauche.*

Pardon, mesdames, voudriez-vous nous laisser seuls un
instant, Moutonnet et moi? (*Il remonte vers la fenêtre.*)

MOUTONNET, *à part.*

C'est bien ça !

SOPHIE.

Je vais passer à l'atelier pour hâter la livraison des pince-
nez. (*Elle se dirige vers la porte latérale de gauche.*)

FÉLICIEN, *la suivant.*

Moi, je vais ouvrir le magasin.

OLYMPE.

Et moi, je vais faire ton chocolat. (*Elle entre à droite.*)

MOUTONNET.

C'est ça, mes enfants, allez... (*Il les conduit jusqu'à la
porte de gauche.*)

* Duvivier, Olympe, Moutonnet, Sophie, Félicien.

SCÈNE IV

MOUTONNET, DUVIVIER.*

MOUTONNET, *redescendant lentement, les mains dans ses poches, et l'air rayonnant.*

Duvivier, veux-tu voir un homme heureux, n'ayant jamais connu... je ne dirai pas le malheur... mais le plus petit tracas, mais le moindre souci?... Veux-tu le voir, ce limpide cristal? Eh bien! tu n'as qu'à me contempler!

DUVIVIER, *avec amertume.*

Ah! tu n'as jamais eu de souci, toi?

MOUTONNET.

Je n'ai jamais fait un rêve qui ne se soit ré... Ah! si, pourtant; il est une chose qui manque à mon bonheur... (*baissant les yeux avec modestie*) l'épaulette d'officier dans la garde nationale. (*Mouvement d'impatience de Duvivier; Moutonnet se méprend et reprend vivement.*) Mais rassure-toi! je suis bien appuyé, et j'ai bon espoir... En attendant, je suis prêt à recevoir l'expression de... (*En disant ces mots, il a entr'ouvert le paquet que Duvivier a déposé sur le petit bureau.*) Hein? des armes... une épée!... Serait-ce possible? Oui, je comprends, je suis nommé! (*Revenant à lui.*) Et tu as voulu être le premier à... Ah! mon ami...

DUVIVIER, *le repoussant doucement.*

Mon bon ami, j'ai l'honneur de t'annoncer... que je me bats en duel, cejourd'hui.

MOUTONNET, *confondu.*

En duel! Toi? toi?...

DUVIVIER.

Oui; tu te demandes comment je puis avoir un duel, moi, Duvivier, fabricant de drap à Sedan (Ardennes)? C'est horriblement simple. J'étais, hier soir, à l'Alcazar. — « Heuh! stupide! inepte! cette chanson, » disais-je à chaque phrase, en riant de pitié... — « Superbe! inouï! » répondait mon voisin de table, qui, du reste, ne sourcillait pas... Ça me pique... — « Et la chanteuse! triviale! commune! impossible! » ajoutai-je. — « Superbe! la chanteuse! » répliqua mon voisin; « une merveille de grâce et de distinction; » et le voilà qui se met à crier bis. Là-dessus, je me lève pour protester, du moins par la fuite; mais la chope du monsieur s'emberlificote dans les pans de mon paletot et s'étale sur son pantalon. Je me retourne pour m'excuser, lorsque je reçois de mon homme une calotte!... mais une de ces ca-

* Moutonnet, Duvivier.

lottes qui, appliquées sur... une plus vaste échelle, pourraient remplacer le gaz avec avantage. J'en ai vu trente-six becs, du coup. Je veux sauter dessus, on nous sépare ; bref, nous échaugeons nos cartes. Voici la sienne : Saint-Remain, 14, rue de Florence. Je lui donne la mienne, après y avoir ajouté ton adresse, puisque je loge chez toi. (*Avec emphase.*) Et voilà comment il se fait que je me bats en duel..,. et que tu vas me servir de témoin.

MOUTONNET.

De témoin, moi? un homme de mon caractère!... et le jour de ma fête? Un jour où je dois recevoir deux mille pince-nez.

DUVIVIER, solennel.

J'aimerais mieux en recevoir quatre mille que de recevoir un seul soufflet. (*Il se tâte la joue.*) D'ailleurs, le jour où je l'ai compté mes trente mille livres, je faisais ma lessive, moi! et pourtant je n'ai pas hésité... Ainsi, c'est dit, n'est-ce pas?

MOUTONNET.

C'est qu'en vérité...

DUVIVIER.

Tu ne peux pas refuser... sans compter que ça ne peut qu'avancer tes affaires pour la garde nationale.

MOUTONNET, alléché.

Tu crois?

DUVIVIER.

C'est évident.

MOUTONNET.

Oui, c'est possible... et c'est une raison. Pourtant....

DUVIVIER.

Tu hésites?

MOUTONNET.

Non!... mais c'est que je ne sais pas du tout comment on joue ce jeu-là, moi.

DUVIVIER, avec importance.

Mon second témoin te l'apprendra ; il connaît son affaire.

MOUTONNET.

Ton second témoin?

DUVIVIER.

Un homme viendra tout à l'heure avec ma carte ; cet homme, ce sera lui. (*D'un ton solennel.*) Maintenant, Moutonnet, n'oublie pas que le devoir d'un témoin est d'être avare de l'honneur de son commettant... comme de son sang.

1.

MOUTONNET.

Avare de l'honneur de... et du sang de... Alors, il faut que je sois également avare de ton sang... et de ton honneur.

DUVIVIER.

Mais non!... avare de l'honneur de son client, comme il le serait de son sang à lui... comme tu le serais du tien.

MOUTONNET.

Oh! alors, tu peux être tranquille.

DUVIVIER, *à part.*

Et je le suis. (*Haut.*) Ainsi, c'est bien compris? Du plomb ou des excuses. (*Il remonte.*)

MOUTONNET.

Oui, mon ami. (*Il passe à droite.*)

DUVIVIER, *s'arrêtant.*

Tu entends bien : des excuses ou du plomb. (*Il remonte.*)

MOUTONNET.

Oui, mon ami.

DUVIVIER, *s'arrêtant une dernière fois à la porte du fond.*

Et je préfère les excuses... c'est plus humiliant... pour l'autre.

MOUTONNET.

Oui, mon ami.

DUVIVIER, *toujours au fond.*

Maintenant je vais dormir un peu, comme Turenne, comme Condé, la veille d'une bataille. (*A lui-même.*) Il paraît que ça donne du cœur. (*Il sort.*)

MOUTONNET, *qui a entendu; au public, avec conviction.*

Ça prouve même qu'on en a déjà.

SCÈNE V

MOUTONNET, *puis* ALFRED.

MOUTONNET, *regardant le paquet, d'un air paterne,*

Et moi qui croyais que c'était un cadeau! (*avec un soupir*) ce n'était qu'une surprise. Mon Dieu! que ça m'ennuie, cette affaire-là! C'est du dérangement; j'attends mes pince-nez d'un moment à l'autre. Et puis... Hum... il y a des exemples de témoins blessés par maladresse... Enfin je n'entends rien à ces choses-là, moi... Je ne m'en doute

même pas! (*Apercevant Alfred qui vient d'entrer du fond.*)
Alfred !... Tiens! au fait, un jeune homme, un carabin, il
doit connaître ça.

ALFRED. *

Monsieur Moutonnet, je...

MOUTONNET.

Oui, c'est ma fête, et tu viens me présenter...

ALFRED.

Je viens vous demander la main de mademoiselle votre
fille.

MOUTONNET.

Plaît-il ?

ALFRED.

Reçu, papa Moutonnet, reçu médecin, depuis une heure;
vous m'avez toujours dit : Sois médecin et ma fille est à
toi ! J'ai donc l'honneur de vous renouveler...

MOUTONNET.

Il s'agit bien de cela, en ce moment !

ALFRED.

Qu'y a-t-il donc ?

MOUTONNET.

Une affaire abominable !... Duvivier, tu sais... Duvivier ?...

ALFRED.

Eh bien !

MOUTONNET, *faisant le geste de donner un soufflet.*

Paf ! en plein drap !

ALFRED.

Un soufflet ?

MOUTONNET.

Énorme !

ALFRED.

Donné ?

MOUTONNET.

Oui... par l'autre ; mais reçu par lui.

ALFRED.

Bah !

MOUTONNET.

Et il se bat !

ALFRED.

Bah !

* Alfred, Moutonnet.

MOUTONNET.

Et il m'a pris pour témoin.

ALFRED.

Bah !

SCÈNE VI

Les Mêmes, OLYMPE.

OLYMPE, *venant de la droite.*

Papa, voilà ton choco... (*A part.*) Monsieur Alfred. (*Elle va à la table, Alfred s'approche d'elle.*)

MOUTONNET. *

Laisse-moi donc tranquille avec ton chocolat. (*Allant prendre un dictionnaire sur le bureau; à part.*) Voyons donc si je trouverai, dans ce dictionnaire, quelques renseignements sur le duel. (*Il s'assied à gauche.*)

ALFRED.

Mademoiselle...

OLYMPE.

Monsieur.

ALFRED, *bas.*

J'ai mon diplôme... Je suis en train de demander votre main...

OLYMPE.

Et papa vous a dit qu'il l'avait promise au fils de monsieur Duvivier.

ALFRED.

Comment ?

OLYMPE.

Voyez, tâchez d'arranger ça; moi, je n'y suis pour rien... (*Elle sort par la droite avec le chocolat.*)

ALFRED.

Comment, il a promis au fils Duvivier ?

MOUTONNET, *lisant.*

« Un reste de coutume barbare. » Ça, je le sais, et je ne vois rien qui...

ALFRED, *à part.*

Oh ! mais, c'est ce que nous verrons. (*Haut, d'un air indifférent.*) Et contre qui monsieur Duvivier se bat-il ?

* Moutonnet, Alfred, Olympe.

MOUTONNET, *cherchant toujours.*

Il se bat... il... (*Se reprenant.*) Il se bat contre un nommé
Saint-Romain.

ALFRED.

Saint-Romain !... Eh bien, elle est bonne celle-là !

MOUTONNET.

Tu le connaîtrais ?

ALFRED.

Vous allez bien rire !

MOUTONNET.

Je ne le crois pas... Mais je ferai tout mon possible... Eh
bien ?

ALFRED.

Eh bien ! Saint-Romain m'a écrit ce matin pour me
prier d'être son témoin.

MOUTONNET, *se levant.*

Il se pourrait ? Mais alors tout est sauvé !...

ALFRED.

Comment cela ?

MOUTONNET.

Comment, comment cela ? Parce que nous allons arranger
l'affaire, donc ! et raide, et raide ! (*Rappelant, à la porte de
droite.*) Olympe ! Olympe ! rapporte-moi mon chocolat. (*Il
respire avec satisfaction.*) Voyons, et d'abord quel homme
est-ce que ce donneur de soufflets ?

ALFRED, *après avoir semblé réfléchir quelques instants.* *

Oh ! un homme qui les retire encore plus vite qu'il ne les
donne, quand, toutefois, son adversaire veut bien se contenter...

MOUTONNET.

D'excuses ?... Duvivier s'en contentera.

ALFRED.

Ah ! il paraît que ce n'est pas un tigre altéré...

MOUTONNET, *avec force.*

Si fait ! (*Changeant de ton.*) Mais un tigre altéré... d'excuses. Et le second témoin de... ce capon-là ?

ALFRED.

Dubarége !...

MOUTONNET, *prenant une prise.*

Ah ! il s'appelle... Enfin, les noms propres n'ont pas
d'odeur.

* Alfred, Moutonnet.

ALFRED.

Celui-là, c'est un tigre d'une autre espèce, altéré seulement de chablis et de canard. Un gaillard qui ne voit, dans une affaire, qu'une occasion de déjeuner gratis !

MOUTONNET, *qui riait, changeant subitement de figure.*

Tiens ! mais au fait ! c'est très-précieux ces gens-là ! Et il demeure ? (*Il prend ses tablettes.*)

ALFRED.

Rue des Jeûneurs, 22.

MOUTONNET.

Déjeuneurs... ça devait être... (*Après avoir écrit.*) Merci.

ALFRED.

Dites-moi ; et le deuxième témoin de Duvivier ?

MOUTONNET, *naïvement.*

Je ne le connais pas encore; mais je ne crois pas, qu'après avoir songé à moi tout d'abord, Duvivier prenne un spadassin.

ALFRED, *riant.*

En effet !

MOUTONNET.

Allons, ça va aller comme sur des roulettes, et j'en suis bien content.

ALFRED, *riant.*

Je vois que vous n'aimez pas beaucoup ce genre de commissions.

MOUTONNET.

Moi, je les ai en horreur !

ALFRED, *à part.*

C'est bon à savoir. (*Haut.*) Mais, dites-moi, monsieur Moutonnet, est-ce vrai que vous me repreniez la main de...

MOUTONNET, *lui saisissant le bras, avec sentiment.*

Il y a de fortes chances pour cela, mon cher enfant; mais, si tu n'es pas mon gendre, tu seras mon ami; et quand je serai malade, tu pourras venir me voir... avec un autre médecin.

ALFRED, *avec intention.*

C'est bien, monsieur Moutonnet. C'est tout ce que je voulais savoir. (*Il sort par le fond.*)

SCÈNE VII

MOUTONNET, *puis* OLYMPE, *puis* LESCAROL.

MOUTONNET, *seul.*

Ah ! je me disais aussi ! du gris dans mon azur, ça ne pouvait pas durer. Et non-seulement l'azur a triomphé, mais maintenant je suis enchanté d'être témoin!... Ça va me poser dans le quartier. (*Regardant s'il est bien seul.*) Ça fait toujours bien auprès des femmes... Et mon épaulette, j'en suis sûr, maintenant! mes chefs... mes chefs vont avoir la main forcée; car, enfin, un homme qui a figuré dans une affaire d'honneur!!! (*Il se donne des airs impossibles.*)

OLYMPE, entrant.

Petit père, voici ton chocolat.

MOUTONNET.

Merci, mon enfant, merci; mais f... fichtre! qu'il est chaud! (*Il le dépose sur la table, à droite.*)

OLYMPE, venant en scène. *

Ce pauvre monsieur Alfred!

MOUTONNET.

Tu dis?

OLYMPE.

Je dis : Ce pauvre monsieur Alfred... Ah! il avait l'air bien ennuyé!

MOUTONNET.

La politesse la plus vulgaire lui en faisait un devoir.

OLYMPE, se récriant.

Comment! la politesse!...

MOUTONNET,

Je ne prétends pas que son cœur n'y ait pas été pour quelque chose...

OLYMPE.

Oh! oui, papa; je t'assure qu'il m'aime beaucoup, et qu'avec lui, je serais bien heureuse.

MOUTONNET.

Je ne prétends pas dire que... Mais laisse-moi tranquille, veux-tu? Je suis très-occupé en ce moment.

OLYMPE.

Oui, papa; mais c'est égal, il avait l'air bien ennuyé, ce pauvre jeune homme. (*Elle remonte et se trouve en face de Lescarol, qui entre par le fond, en costume de sapeur.*)

LESCAROL, après avoir frappé à l'intérieur.

Pardon, excuse, mademoiselle. Pourriez-vous m'indiquer monsieur Soutonnet, sans vous commander?

OLYMPE.

Moutonnet... Le voici, monsieur. (*Elle sort par la droite, en poussant un soupir.*)

---

* Olympe, Moutonnet.

LESCAROL.

Ce monsieur, qui a le nez dans sa gamelle?... Allons-y !

MOUTONNET, *apercevant Lescarol.*

Qu'est-ce que c'est que ça ?

LESCAROL.

Scarol, p'ral sapeur, prévôt au 74e.

MOUTONNET.

Vous dites ?

LESCAROL.

Scarol, p'ral sapeur, prévôt au 74e.

MOUTONNET, *qui n'a pas compris.*

Heu... Oui... vous voudriez une paire de lunettes ? (*Il se lève.*)

LESCAROL.

Des lunettes? Oui, si toutefois et quantes vous avez des lunettes de combat.

MOUTONNET, *cherchant.*

Des lunettes de...

LESCAROL.

Ne cherchez pas. Voici qui va vous en servir à vous-même, de lunettes. (*Il lui donne une carte.*)

MOUTONNET, *lisant.*

Duvivier !... Vous vous appelez Duvivier ?

LESCAROL.

Comment! vous ne connaissez tant seulement pas le nom de votre cam'rade ?

MOUTONNET.

Mon cama... Ah! j'y suis!... Vous êtes la personne dont Duvivier m'a parlé... son second témoin ?

DESCAROL.

Envers et contre tous!

MOUTONNET.

Fort bien, fort bien; donnez-vous la peine de vous asseoir.

LESCAROL, *passant devant lui.*

Merci de l'insistance. (*Il s'assied près de la table, à droite, et se met à tâter dans ses poches.*)

MOUTONNET.

Vous cherchez quelque chose ?

LESCAROL,

Pardon; mais vous n'auriez pas un peu de tabac sur vous?

MOUTONNET.

Du tabac ?

LESCAROL.

Oui; j'en grillerais une, pendant que vous m'expliquerez... (*Apercevant sur la table la blague et la pipe.*) Mais ne vous dérangez pas; voici mon affaire. (*Il prend la pipe, la bourre.*)

MOUTONNET.

Ah ! pardon... c'est que...

LESCAROL.

Est-ce que l'odeur vous indispose ?...

MOUTONNET.

Non; mais c'est un cadeau, et...

LESCAROL.

Oh ! ça ne me gêne pas! vous pous pouvez commencer. (*Il allume la pipe.*)

MOUTONNET, *à part.*

Heun ! Enfin... elle est neuve; il me la fera un peu. (*Il passe derrière la table.*) Mon chocolat va refroidir, maintenant. (*Appelant de la porte.*) Olympe !

OLYMPE, *de la coulisse.*

Papa !

LESCAROL.

C'est votre fille, cette jeunesse de tantôt ?

MOUTONNET.

Oui, c'est...

LESCAROL.

Mazette ! (*Il fait claquer sa langue.*)

MOUTONNET, *donnant la tasse à Olympe.*

Tiens, tu me le feras réchauffer.

OLYMPE, *du dehors.*

Oui, papa.

LESCAROL.

Maintenant, je vous ouïs. (*Il étend la main vers la cave et en tire un petit verre.*)

MOUTONNET, *qui est venu à l'extrême droite.*

Vous saurez donc que Duvivier... (*Voyant le geste de Lescarol.*) Voulez-vous que je vous fasse venir un petit verre de?...

LESCAROL.

C'est inutile... Voici un huilier qui me paraît suffisant.

MOUTONNET.

C'est que c'est aussi un cadeau...

LESCAROL.

Ça ne me gêne pas, que je vous dis... Allez, allez.

MOUTONNET, *assis*.

Vous saurez donc qu'hier, à l'Alcazar...

LESCAROL.

J'y vais souvent, à l'Alcazar. (*Moutonnet s'arrête et le regarde.*) Continuez! continuez!

MOUTONNET.

Je disais donc qu'à l'Alcazar...

LESCAROL, *suivant son idée*.

Il y a là une petite mère...

MOUTONNET, *continuant*.

Mon ami Duvivier...

LESCAROL, *continuant*.

Qui vous a une paire de moustaches!... Mais allez donc, que je vous dis.

MOUTONNET, *impatienté*.

Bref! il a reçu un soufflet.

LESCAROL.

Un souffl... (*Il avale un petit verre. Moutonnet essaye de le modérer avec la main; il se méprend sur ce geste.*) Merci; ma suffisance, pour l'instant... Mais j'avais besoin de ça pour me remettre.

MOUTONNET.

Il s'agit donc, maintenant...

LESCAROL.

De convenir de l'endroit, des ustensiles et de se nettoyer comme il faut.

MOUTONNET.

Ah! pardon... C'est que vous ignorez que notre adversaire n'est pas très...

LESCAROL.

C'est un polisson!

MOUTONNET.

Oui; mais il sait reconnaître, à l'occasion...

LESCAROL.

C'est un polisson, que je vous dis!

MOUTONNET.

Oui, sapeur... Mais par un hasard que je ne crains pas de qualifier de providentiel...

LESCAROL.

Oh! ne vous gênez pas, vous êtes chez vous.

MOUTONNET.

Merci. (*Continuant.*) Un ami, à moi, se trouve être l'un des témoins de la partie adverse, et nous avons résolu d'arranger l'affaire...

LESCAROL.

Comme il convient, en pareil cas.

MOUTONNET.

Précisément; c'est-à-dire...

LESCAROL.

Jusqu'à ce que mort s'ensuive !

MOUTONNET.

Pardon, pardon!...

LESCAROL.

Ah! je suis bien de votre avis! Un soufflet. (*Il boit un petit verre.*)

MOUTONNET, *s'impatientant un peu.*

Oui, c'est convenu... Mais je vous répète que notre adversaire est tout disposé...

LESCAROL.

Eh bien, il ne manquerait plus qu'il ne le soit pas!

MOUTONNET, *crescendo.*

Il l'est, vous dis-je!

LESCAROL.

Pour lors, il ne s'agit donc plus que de se procurer la batterie de cuisine.

MOUTONNET.

Comment! la batterie de...?

LESCAROL.

Oh! je comprends la chose!

MOUTONNET, *crispé.*

Mais non, vous ne comprenez pas!

LESCAROL.

Comment, je ne comprends pas! (*Il boit un autre verre.*)

MOUTONNET, *perdant la tête et se versant à son tour.*

Non, vous dis-je!

LESCAROL.

A votre santé!

MOUTONNET, *s'oubliant.*

A la vôtre.. Vous saurez donc, sapeur... Ma femme... silence!...

LESCAROL.

Soyez tranquille. Les femmes, c'est sacré — même pour un sapeur.

MOUTONNET.

Suivez-moi, et vous comprendrez enfin la situation.

LESCAROL.

Oui, monsieur Moutonnet. (*Moutonnet se dirige vers la droite. Lescarol le suit, en emportant la cave.*)

MOUTONNET.

Ah! pardon!... (*Il veut la lui prendre.*)

LESCAROL.

Merci, ça ne me gêne pas. (*Ils sortent par la droite.*)

SCÈNE VIII

SOPHIE, *puis* L'INCONNU.

SOPHIE, *venant de la gauche.*

Mon gros chéri, je viens... Eh bien! où est-il donc? (*Elle se trouve en face de l'Inconnu, qui entre du fond.*)

L'INCONNU, *saluant.* [*]

Madame...

SOPHIE.

Monsieur...

L'INCONNU.

C'est bien ici que demeure un certain monsieur Duvivier?

SOPHIE.

Oui, monsieur, mais...

L'INCONNU.

Ne me cachez rien, je sais tout.

SOPHIE.

Tout? quoi?...

L'INCONNU.

Le soufflet.

SOPHIE,

Un soufflet?...

L'INCONNU.

Hier... Alcazar... soufflet... Doit se battre avec le nommé Saint-Romain.

[*] L'Inconnu, Sophie.

SOPHIE.

Lui?...

L'INCONNU.

Vous le savez, moi aussi... mais indispensable que je connaisse les suites.

SOPHIE.

Mais, monsieur, je ne comprends pas...

L'INCONNU.

Où?... quand?... comment?... quelles armes?... quels témoins?...

SOPHIE.

Mais je vous répète...

L'INCONNU.

Vous ne voulez rien me dire? soit ; mais je saurai tout. Madame, j'ai profondément l'honneur de vous saluer. (Il sort par le fond.)

SCÈNE IX

SOPHIE, puis ALFRED et DUBARÉGE.

SOPHIE, seule.

Qu'est-ce que c'est que cet homme-là? et qu'est-ce que ça signifie? Duvivier aurait reçu... et il serait sur le point de... Au fait, sa sortie matinale et mystérieuse... son air étrange, quand il est rentré avec ce paquet... (Elle vient au petit bureau et entr'ouvre le paquet.) Des épées! plus de doute!... Et il est resté seul avec Moutonnet! Est-ce que Borromée serait de l'affaire? Oh! il faut que je sache... (Elle remonte et pousse un cri en voyant Alfred et Dubarége qui viennent d'entrer par le fond.)

ALFRED et DUBARÉGE, saluant. *

Madame...

SOPHIE.

Monsieur Alfred! Monsieur est un de vos amis?

DUBARÉGE, d'un ton composé.

Oui, madame.

ALFRED, sérieux.

Et nous voudrions parler à monsieur Moutonnet.

* Sophie, Dubarége, Alfred.

SOPHIE, *avec insinuation.*

Ce n'est pas quelque chose que je pourrais...

ALFRED.

Non, madame.

DUBARÉGE, *appuyant.*

Non, madame.

SOPHIE, *à part.*

Il est clair qu'ils ne me diront rien. (*Haut, en passant devant eux.*) Je vais vous l'envoyer, messieurs. (*À part.*) Qu'est-ce que ça veut dire?.Oh! je le saurai! (*Elle sort par la droite.*)

SCÈNE X

ALFRED, DUBARÉGE. *

DUBARÉGE, *d'un ton plus léger.*

Tu sais à quelles conditions j'ai accepté?

ALFRED.

Oui, c'est convenu. L'affaire s'arrangera, Saint-Romain fera des excuses, s'il le faut, et on déjeunera; on déjeunera, nà! es-tu content?

DUBARÉGE.

A la bonne heure! et je vais commander à l'avance...

ALFRED, *l'arrêtant.*

Pardon, mais comme nous avons affaire à un homme qui n'a pas l'air bien solide, il faut d'abord faire sonner un peu nos éperons...

DUBARÉGE.

Fort bien! fort bien! c'est entendu; on fera sonner. (*Il frappe le parquet de son talon en se campant sur la hanche.*)

SCÈNE XI

Les Mêmes, MOUTONNET, LESCAROL.

MOUTONNET, *bas à Lescarol.* **

Vous avez bien compris, n'est-ce pas?

LESCAROL.

C'est-à-dire que je comprends... sans l'être... Enfin, nous verrons bien.

* Sophie, Dubarége, Alfred.

** Dubarége, Alfred.

MOUTONNET, *à part.*

Quelle diable d'idée a eue Duvivier d'aller chercher un sapeur? Enfin! (*Haut, saluant.*) Messieurs... (*Salut général sur deux lignes, comique de la part de Lescarol, hautain de la part de Dubarége. Ils sont au deuxième plan.*)

MOUTONNET, *bas à Alfred, qui est en face de lui.*

Vous avez vu Saint-Romain?

ALFRED, *de même.*

Soyez très-raide; nous sommes chargés de caner, en fin de compte.

MOUTONNET, *à lui-même.*

Très-bien! (*A Lescarol.*) Vous aviez raison, sapeur, il faut être raide.

LESCAROL, *qui est revenu à l'extrème droite.*

A la bonne heure!

MOUTONNET, *d'un air important.*

Hum!... Messieurs, veuillez prendre la peine de vous asseoir. (*On s'assied en demi-cercle, Lescarol à droite, Moutonnet ensuite, puis Alfred et Dubarége à gauche.*)

MOUTONNET.

Hum!... Vous connaissez, messieurs, la gravité de l'affaire qui nous réunit... en ce séjour. (*Avec emphase.*) Mon ami Duvivier a reçu un soufflet. Pouh!

ALFRED, *atténuant.*

Une claque.

LESCAROL, *appuyant.*

Une gifle! (*Il cherche des yeux la cave.*)

DUBARÉGE, *se levant.*

Une simple calotte, messieurs.

MOUTONNET.

Pardon, je prétends...

ALFRED, *se levant aussi.*

Et nous, nous prétendons, au contraire...

LESCAROL, *se levant et les faisant rasseoir du geste.*

Mettons que ça soie une calotte. Et puis, après? Est-ce que vous trouveriez, par hasard, que ça n'est pas déjà bien gentil comme ça?

MOUTONNET, *bas.*

Très-bien! (*Haut.*) C'est-à-dire que c'est hideux de gentillesse!

LESCAROL, *de même.*

Très-bien!

DUBARÉGE.

Nous reconnaissons que notre ami a été... un peu vif.

LESCAROL.

Oui, il a été plutôt vif, vot' cam'rade.

DUBARÉGE.

Mais vous devez reconnaître que, de son côté, monsieur Duvivier...

MOUTONNET.

Nous ne reconnaîtrons rien du tout!

LESCAROL, *à part.*

Mais c'est un zouave! (*Haut.*) Nous ne reconnaîtrons rien de rien. (*Regardant de nouveau autour de lui, à part.*) Ah! je l'ai laissée de l'autre côté. (*Il sort furtivement par la droite.*)

DUBARÉGE, *bas à Alfred.*

Oh! il faut changer de jeu. (*Haut.*) Mon Dieu, messieurs, nous comprenons très-bien votre indignation, mais nous espérons que notre ami la comprendra pareillement, et qu'il daignera reconnaître ses torts.

MOUTONNET.

Comment, daignera? (*Il cherche Lescarol des yeux.*) Tiens, où est-il donc? (*Lescarol rentre avec la cave.*) Ah! le voilà!

DUBARÉGE, *s'inclinant.*

Qu'il reconnaîtra ses torts et que vous voudrez bien vous contenter...

MOUTONNET, *se levant.*

Du moment qu'il reconnaîtra...

ALFRED, *bas.*

Tenez ferme...;

MOUTONNET, *bas.*

Ah! il ne faut pas encore... (*Haut.*) Non, messieurs; cela ne saurait nous suffire...

ALFRED, *debout et lui poussant le coude.*

Il me semble, pourtant...

MOUTONNET.

Non, vous dis-je!

ALFRED, *bas.*

Parfait!

DUBARÉGE, *bas à Alfred.*

Quel enragé! (*Il reporte sa chaise à gauche.*)

ALFRED, *haut à Moutonnet.*

Fort bien, monsieur; il n'y a donc plus, alors, qu'à déterminer le choix des armes et du terrain.

MOUTONNET.

Vous dites?

ALFRED, *bas.*

Il faut sauver les apparences. (*Il va porter sa chaise au fond, à gauche.*)

MOUTONNET, *de même.*

C'est juste! (*Haut.*) Ce choix nous appartient, messieurs; et nous prenons...

LESCAROL.

Nous prenons tout, messieurs! nous prenons tout! (*Il boit.*)

MOUTONNET, *furieux.*

Comment!... il est allé la rechercher! (*Il va remettre sa chaise au fond, à droite.*)

DUBARÉGE.

Enfin, vous choisissez?...

LESCAROL.

Le sabre!

DUBARÉGE.

Comment, le sabre?

MOUTONNET, *redescendant.*

Mais, tout ce que vous voudrez, messieurs; le sabre, le chassepot, tout ce que voudrez!

LESCAROL, *à part.*

Il est esplendide!... A votre santé! (*Il lui offre un petit verre.*)

MOUTONNET, *entraîné.*

A la vôtre... (*A part.*) Ah! c'est trop fort! (*Il reverse le verre dans un carafon.*)

LESCAROL.

Il remet le rhum dans le kirsch?... ça ne fait rien! ça fera du mêlé! (*Il secoue le flacon.*)

DUBARÉGE, *s'avançant, à Moutonnet.*

Voyons, messieurs, je trouve, pourtant, que des regrets bien sentis...

MOUTONNET.

Des regrets?

ALFRED, *avec des signe.*

Non!... des excuses!

MOUTONNET, *répétant.*

Non!... des excuses!

2

DUBARÉGE.

Eh bien! puisque vous l'exigez...

LESCAROL, *criant.*

Des excuses, plates, alors !...

MOUTONNET.

A plat ventre!... *Et coram populo.*

LESCAROL., *épouvanté.*

Hein!... monsieur Moutonnet!...

MOUTONNET.

C'est du latin.

LESCAROL.

Ah! vous m'avez fait peur. (*Il boit.*)

MOUTONNET, *à part.*

Mais il n'en laissera donc pas une goutte! (*Il prend la cave sous son bras.*)

ALFRED, *froidement.*

Fort bien, messieurs; il suffit... (*Il s'incline, se dirige vers le bureau et se met à écrire.*)

MOUTONNET, *qui l'a regardé avec une certaine inquiétude.*

Ah! j'y suis!... ce sont les excuses. (*A Lescarol.*) Il rédige les excuses.

LESCAROL.

Oui; tout porte à croire qu'il dirige les excuses.

DUBARÉGE, *avec satisfaction, et passant lentement à l'extrémité droite.*

On en est aux excuses!... c'est le moment de faire mon menu... (*Il prend ses tablettes.*) Tête de veau à la Souwarof.*

MOUTONNET.

Eh bien! messieurs, est-ce bientôt fini ?

LESCAROL.

Oui, ça l'est-y, hein?... ça l'est-y?

ALFRED, *souriant.*

Ça l'est! messieurs; et vous n'avez plus qu'à signer.

MOUTONNET.

Si... signer?...

LESCAROL.

Signer, quoi?

---

* Alfred, Dubarége, Moutonnet, Lescarol.

ALFRED.

Ce petit procès-verbal, qui constate que vous n'avez voulu accéder à aucun arrangement pacifique, et qu'il ne nous reste plus qu'à nous en remettre au hasard d'une rencontre.

MOUTONNET, *s'avançant.*

Comment, au hasard d'une...

ALFRED, *bas, en lui présentant la plume.*

Signez! je réponds de tout!

MOUTONNET.

Allons... (*Il signe.*)

ALFRED, *de loin, à Lescarol.*

A vous, monsieur.

LESCAROL, *se grattant l'oreille.*

Ah! il faut que... (*Il s'avance.*)

ALFRED.

C'est indispensable.

LESCAROL.

Je m'en rapporte à vous pour ce qu'il y a là-dessus. (*Il lui parle bas.*)

ALFRED.

Ah!

LESCAROL.

Mais je sais écrire, quand la plume est bonne... (*Il va pour signer, hésitant encore.*) Est-ce qu'y a besoin que ça soie moulé...?

ALFRED.

Oh! c'est tout à fait inutile.

LESCAROL.

Ça se trouve bien, parce que je suis enrhumé. (*Il signe en faisant des simagrées... passant la plume à Dubarége... en lui faisant le salut militaire.*) A vous, mon petit!

DUBARÉGE, *bas à Alfred.*[*]

Mais, ce n'est pas de ça du tout que...

ALFRED, *de même.*

Mais va donc! quand je te dis que je réponds de tout.

DUBARÉGE, *tirant sa montre.*

Il sera bien tard... Enfin!... (*Il signe.*)

ALFRED, *revenant au milieu, en passant derrière le bureau.*

Maintenant, messieurs, nous n'avons plus qu'à nous re-

[*] Alfred, Moutonnet, Lescarol, Dubarége.

tirer et à porter à notre ami, qui nous attend au café voisin, votre *ultimatum*...

LESCAROL.

Monsieur !...

MOUTONNET.

C'est du latin.

LESCAROL.

On avertit ; ils me font des peurs, avec leur latin.

DUBARÉGE, *rassuré*.

Ah ! il est au café ?... Je vais toujours prendre un fruit, moi. (*Alfred et Dubarége sortent par le fond après avoir salué Lescarol et Moutonnet.*)

SCÈNE XII

LESCAROL, MOUTONNET, *moitié content, moitié perplexe ; il balance son corps en ayant l'air de réfléchir.*

LESCAROL, *lui donnant une poussée.*

Farceur, va.

MOUTONNET.

Sapeur !

LESCAROL.

Vous vouliez me faire poser.

MOUTONNET.

Moi ?...

LESCAROL.

Dame ! pour un homme qui faisait semblant de vouloir plumer le canard, ah !... vous y allez gaiement.

MOUTONNET.

Ah ! vous trouvez que,....

LESCAROL.

Vous avez été de toute beauté !

MOUTONNET.

Vous trouvez ?... Oui... (*A part.*) J'ai peut-être même été un peu trop beau ; car, enfin...

SCÈNE XIII

LES MÊMES, SOPHIE, *dans le plus grand trouble,*
et venant de la droite.

MOUTONNET. *

Ah! mon Dieu, qu'est-ce que tu as donc, ma femme?

SOPHIE.

Ce que j'ai? ce que?... Je sais tout, monsieur! vous allez
servir de témoin dans un duel.

MOUTONNET.

Moi? mais pas du tout! on va nous faire des excuses! Tu
comprends bien que, sans cela...

LESCAROL, *lui donnant un coup de coude.*

Ah! tu vas bien, toi!

SOPHIE.

Des excuses?... mais j'étais là, monsieur, j'ai tout entendu, et...

MOUTONNET.

Mais tout cela n'était qu'une frime convenue d'avance.

LESCAROL, *à part.*

Il est effrayant!

SCÈNE XIV

LES MÊMES, OLYMPE, *avec le chocolat, venant de la droite.*

OLYMPE.

Papa! voici ton chocolat, et une lettre qu'un garçon de
café vient d'apporter pour toi. (*Elle sort aussitôt après avoir
déposé le chocolat sur le buffet, au fond à droite.*)

MOUTONNET.

Une lettre?... Vous allez peut-être me croire, enfin,
madame Moutonnet. (*Il lit :*) « M. Saint-Romain se refuse à
tout, si ce n'est à une réparation par les armes! Rendez-
vous, dans une heure, à Vincennes. »

SOPHIE.

Eh bien, monsieur, est-ce assez clair?

MOUTONNET.

Comment, dans une heure, à Vincennes?...

* Lescarol, Moutonnet, Sophie.

2.

SOPHIE, *à Lescarol.*

Monsieur, vous êtes militaire, et je vous somme d'employer la force au besoin pour empêcher Borromée de se faire massacrer.

LESCAROL.

D'abord, madame, les témoins, n'y a aucun danger.

SOPHIE.

Aucun danger! Vous n'avez donc pas vu *la Dame de Montsoreau*, où tout le monde se bat! tout le monde! témoins, adversaires; jusqu'au boulanger du coin!

LESCAROL.

En effet, je ne connais pas la dame... que vous venez de me dire; mais si ce n'est que le boulanger du coin qui vous tourmente... j'en fais mon affaire.

SOPHIE.

Du reste, pas d'explications! (*Elle va fermer la porte de droite et en prend la clé.*) Il ne se battra pas! Il ne se battra pas! (*On l'entend fermer au dehors les deux autres portes.*)

SCÈNE XV

MOUTONNET, LESCAROL.

LESCAROL.[*]

Comment! elle nous enferme?

MOUTONNET, *avec une satisfaction secrète et s'asseyant à droite.*

Ah! vous croyez... qu'elle nous a enfermés?

LESCAROL, *secouant la porte.*

Oh! nous y sommes!

MOUTONNET, *tranquillement.*

Vraiment!...

LESCAROL.

Eh bien, v'là tout ce que vous dites, vous?

MOUTONNET.

Dame! mon ami, qu'est-ce que voulez-vous que je dise?

LESCAROL.

Comment, ce que je veux que... Je ne sais pas, moi — mais il faut que nous sortions d'ici, que je pense!

MOUTONNET.

Pourquoi faire?

[*] Lescarol, Moutonnet.

LESCAROL.

Comment, pourquoi faire? du moment qu'on se bat, il faut bien que les témoins...

MOUTONNET *se lève et descend à gauche.*

Du moment qu'on se bat, moi, je n'en suis plus!

LESCAROL.

Vous n'en... tu n'en...? Comment, galopin, tu refuses tous les arrangements, tu repousses les excuses, tu nous enferres jusqu'à la garde... et tu veux, ensuite...?

MOUTONNET.

Parce que je croyais...

LESCAROL.

S'agit pas de ça! s'agit qu'il s'agit de mon honneur et de celui du 74°, et que tu vas sauter par la fenêtre! (*Il remonte et ouvre la fenêtre.*)

MOUTONNET, *passant vivement à l'extrême droite.*

Moi? sauter d'un entresol, pour...

LESCAROL, *prenant une des épées qu'il sort du paquet qui est sur le bureau.*

Et plus vite que ça, que je te dis!

MOUTONNET.

Mais, mon ami...

LESCAROL.

Sauteras-tu?

MOUTONNET, *s'arrêtant sur place.*

Pardon! si c'est une question que vous me posez, je...

LESCAROL.

C'est pas une question! Tu sautes ou je t'embroche! (*Il le pousse, l'épée à la main.*)

MOUTONNET, *à part, passant derrière la table.*

Mais quelle idée a eue Duvivier d'aller chercher un sapeur!

LESCAROL, *le poussant toujours.*

Allons, saute...

MOUTONNET, *au fond.*

Mais Duvivier, qui...

LESCAROL.

Il nous attend devant la caserne... allons, oh!... Mais vas-y donc! (*Il le fait sauter par la fenêtre.*)

MOUTONNET, *tout en sautant.*

Je saute! mais que cela retombe sur ta tête!

LESCAROL.

Oui, mon trésor. (*Il s'apprête à le suivre.*) Hé! ton shako, (*il lui jette son chapeau*), et ton chocolat. (*Il l'avale.*) Attends-moi, attends-moi. (*Il enjambe la fenêtre. — Rideau.*)

FIN DU PREMIER ACTE.

ACTE DEUXIÈME

CHEZ TAILFER.

Un jardin. Petit mur au fond, coupé par une grille d'entrée. A droite, une serre couverte de paille tressée. Fleurs dans des caisses et en parterre. Un tonneau d'arrosage à ras de terre, à gauche, deuxième plan. Arbres, table et chaises de jardin.

—

SCÈNE PREMIÈRE

PICARD, VÉRONIQUE.

PICARD, *à Véronique, qui est assise à gauche, en train de peler une pomme avec son eustache.* *

Véronique, Véronique ?

VÉRONIQUE.

Hein ?

PICARD.

V'là des fleurs qui n'ont pas d'eau.

VÉRONIQUE.

N'y en a plus dans le tonneau.

PICARD.

Alors, voilà un tonneau qui n'a pas d'eau pour les fleurs et il faut le remplir.

VÉRONIQUE.

Mais, pour remplir le tonneau, faut aller à la rivière.

PICARD.

Alors, faut aller à la rivière pour remplir le tonneau.

VÉRONIQUE, *se levant.*

Comme c'est agréable !

PICARD.

C'est pas agréable ; mais monsieur Tailfer va venir, et tu sais la vie qu'il ferait s'il trouvait ses fleurs à sec.

VÉRONIQUE.

En v'là des fleurs qu'on soigne !

PICARD, *venant près d'elle.*

Ah ! ce n'est pas pour leur agrément, ni pour celui de

* Véronique, Picard.

monsieur; mais tu sais qu'il espère que le chemin de fer passera sur lui.

PICARD.

Sur lui? le cher homme!

PICARD.

Mais non, sur sa maison, qui est à vendre; alors il sera esproprié; et tant plus que son jardin sera flambant, tant plus qu'il aura d'indemnité; c'est pourquoi il faut arroser, Véronique.

VÉRONIQUE.

Oui, je sais bien; mais je ne pense pas qu'il vienne aujourd'hui; tu sais bien qu'il est artificier de son état, et qu'il est en train de préparer une pièce montée pour la fête de monsieur le maire, oùsqu'on verra le nom de l'autorité en verres de couleur.

PICARD.

Oui, y flatte le pouvoir, en vue de son idée, et je crois ben qu'il en sera pour ses frais; mais n'faut pas contrarier sa manie. Ainsi, ma fille, faut y aller. (*Il remonte.*)

VÉRONIQUE.

Mais quand je te dis qu'il ne viendra pas.

PICARD, *regardant au fond, à gauche.*

Il ne viendra pas? Eh bien, tiens, regarde, comme il ne viendra pas; le v'là déjà!

VÉRONIQUE, *remontant à son tour.*

C'est pourtant vrai!

PICARD.

Allons, allons, va chercher de l'eau; tu n'as que le temps.

VÉRONIQUE.

Que le bon Dieu le patafiole! (*Elle sort par la droite avec deux seaux.*

SCÈNE II

PICARD, TAILFER, *une pièce d'artifice sous le bras.*

TAILFER, *descendant jusqu'à l'avant-scène, à droite.*

Dieu! que j'ai chaud! C'est pas Dieu possible, il y a plus loin de la Varenne à ma villa que de ma villa à la Varenne.

PICARD. *

Oh! oui, monsieur!

TAILFER.

Comment, oh! oui, monsieur?

* Picard, Tailfer.

PICARD.

Parce que, pour venir ici, ça monte, tandis que pour s'en retourner...

TAILFER.

Oui, ça descend, c'est vrai. Eh bien, je n'avais jamais songé à cela. Tiens, Picard, mets-moi ça au sec, dans la serre. Couvre-le bien, et surtout prends bien garde qu'on n'en approche avec de la lumière. C'est la fameuse pièce d'artifice dont je t'ai parlé, et à laquelle j'attache tant d'importance.

PICARD, *revenant de la serre.* *

Ah! oui, pour empaumer monsieur le maire, rapport au tracé et à l'expropriation.

TAILFER.

Comment, pour empaumer monsieur le maire?... pour le fasciner, pour l'emp... pour le subjuguer, tout simplement.

PICARD, *riant.*

C'est ce que je voulais dire.

TAILFER, *remontant.*

Voyons, maintenant, dans quel état sont mes fleurs adorées! C'est mon délassement, Picard, mon seul bonheur en ce monde... Que vois-je! ma comtesse de Barbantane qui languit sur sa tige (*allant vers la serre*), et ma Louise Margotin, ma belle Louise, qui tourne de l'œil! des roses de première classe! Qu'est-ce que ça signifie, monsieur Picard? est-ce que ces fleurs n'auraient pas eu leur ration?

PICARD. **

J' vas vous dire, monsieur, c'est qui n'y a plus d'eau dans le tonneau.

TAILFER.

Eh bien, est-ce qu'il n'y en a plus dans la rivière?

PICARD.

C'est ce que j'ai dit à Véronique... et tenez, monsieur, la v'là, justement, qui en redevient. (*Véronique entre avec deux seaux.*)

TAILFER.

Veux-tu bien te dépêcher, toi !

VÉRONIQUE, *au milieu, au fond.*

Je mé suis dépêchée aussi ; mais y a plus loin d'ici à la rivière que...

* Tailfer, Picard.
** Picard, Tailfer.

TAILFER.

Oui, nous avons déjà résolu ce problème... Allons, allons, arrose mon indemnité...

VÉRONIQUE.

Oui, monsieurr. (*Elle arrose.*)

TAILFER, *à Picard.*

C'est qu'il y a ici des plantes que je ne donnerais pas pour cent francs ! (*Picard regarde autour de lui.*)

TAILFER.

Qu'est-ce que tu regardes ?

PICARD.

C'est que je ne pensais pas que c'était à moi que vous disiez ça.

TAILFER.

Je te le dis à toi comme je le dirais à tout le monde.

PICARD.

Surtout à monsieur le maire.

TAILFER.

Mais sans doute... car c'est surtout aux grands de la terre qu'il faut dire la vérité.

PICARD, *clignant de l'œil.*

Oui, monsieur. (*A part.*) Oui, vieux blagueur !

VÉRONIQUE.

Ouf, v'là qu'est fait, monsieur.

TAILFER.

Eh bien, maintenant, tu vas me faire le plaisir d'emplir le tonneau. (*Il va s'asseoir à gauche.*)

VÉRONIQUE, *à part.*

Ah ! mais il ne pleuvra donc pas !

TAILFER, *à Picard.*

Dis-moi, il ne s'est présenté personne pour louer la maison?

PICARD, *s'approchant.*

Non, monsieur; mais, sauf vot' respect, vous ne l'aimez donc plus, cette maison, que vous aimiez tant?

TAILFER.

Moi, ne plus aimer cette chère maison, où mes enfants sont nés,... et où j'ai perdu tous mes oncles ? (*Avec sentiment et se levant.*) Mais quand on aime bien une chose, Picard, il faut l'aimer pour elle, et non pour soi. Or, si je parviens à la louer, cette chère maisonnette... (*se reprenant*) je veux dire cette maison, si petite en apparence, mais si vaste par le bonheur de sa distribution... alors, elle augmente encore de valeur, en cas d'expropriation... Et j'ai dû sacrifier mon égoïsme... à son intérêt personnel. Ainsi, Picard...

PICARD, *se frappant le front.*

Et moi qui oubliais que j'ai une lettre pour vous depuis à c' matin ! (*Il lui donne la lettre et remonte.*)

TAILFER, *gagnant la droite.*

Voyons. De la préfecture ! se peut-il ! on me prévient que les agents-voyers se présenteront d'un moment à l'autre, pour lever le plan de ma propriété !... Je suis obligé de retourner à la Varenne, mais s'il vient, en mon absence, deux ou trois messieurs (peut-être plus, peut-être moins, je ne sais pas), tu les recevras avec tous les égards que l'on doit à des arpenteurs !

PICARD. *

Des arpen... mais comment que je saurai... que...

TAILFER.

Oh ! tu les reconnaîtras facilement, ils ont toujours des cannes, et puis tu les verras aller, comme ça, dans le jardin. (*Il fait quelques grands pas.*)

PICARD.

Ah ! bon, ils arpentent.

TAILFER.

Sans doute ; s'ils n'arpentaient pas, on ne les appellerait pas arpenteurs. Tu entends, tu les introduiras, tu les installeras, et tu viendras me chercher avec la rapidité de l'éclair. (*Il remonte.*)

PICARD.

Bien, monsieur.

TAILFER.

Surtout, prends bien garde à mon feu d'artifice.

PICARD.

Oui, monsieur.

TAILFER.

Et toi, Véronique, si tu ne remplis pas le tonneau, et si, après l'avoir rempli, tu ne le vides pas, au profit de mes fleurs... je te chasse, mon enfant, je te flanque à la porte ! (*Il sort.*)

VÉRONIQUE.

Oui, monsieur.

* Picard, Tailfer, Véronique.

SCÈNE III.

VÉRONIQUE, PICARD. *

VÉRONIQUE.

Vieux toqué, va !

PICARD.

Pas si toqué que ça... il a le fil, le cher homme.

VÉRONIQUE.

Comme c'est gai, d'aller à la rivière ! Allez-y, vous monsieur Picard.

PICARD.

Que j'y aille ?

VÉRONIQUE.

Dame, vous qu'êtes un homme.

PICARD.

Eh ben ! je te propose une affaire.

VÉRONIQUE.

Une affaire ?

PICARD.

Si tu veux m'embrasser, mais là, comme y faut !.. eh ben, j'y vas.

VÉRONIQUE.

Ah ! Eh ben, quand vous serez revenu.

PICARD.

Un baiser pour chaque seau ?

VÉRONIQUE, *s'asseyant à droite.*

Deux, si vous voulez!

PICARD.

Alors, je vas remplir le tonneau jusqu'aux bords. (*A lui-même.*) Mais je vas toujours prendre un à-compte. (*Il l'embrasse sur le cou.*)

VÉRONIQUE, *tranquillement.*

Eh ben ?

PICARD, *riant.*

Eh ben, tu retiendras ça sur la note ; mais arrose toujours. (*Il sort avec les seaux par la grille.*)

VÉRONIQUE, *seule.*

Plus souvent que j' vas arroser ! il n'aurait qu'à pleuvoir, et je me serais donné du mal pour rien... je vas faire un somme dans la melonnière... A-t-on assez de mal ! mon Dieu ! en a-t-on assez ! (*Elle sort par la gauche.*)

* Picard, Véronique.

3

SCÈNE IV

ALFRED, MOUTONNET, *en dehors, derrière*
la grille d'entrée.

ALFRED, *regardant à travers les barreaux.*

Un jardin, une maison isolée... nous serions très-bien ici. Justement elle est à louer.

MOUTONNET.

Une maison à louer ? Eh bien, entrons. (*Ils entrent.*) mais... s'il y a quelqu'un ?...

ALFRED.*

Eh bien ! nous nous présenterons comme acheteurs, et s'il n'y a que des domestiques, nous pourrons acheter... leur complaisance.

MOUTONNET.

Encore des dépenses !... Ah ! si j'avais pu supposer !... (*Il s'assied à gauche.*)

ALFRED.

Qu'avez-vous donc, monsieur Moutonnet ? vous paraissez contrarié ?...

MOUTONNET.

Il me demande ce que j'ai ! Hier matin, je sors de chez moi, par la fenêtre, reconduit... par un glaive. Nous arrivons à Vincennes — pan ! des gendarmes ! — Nous filons, nous prenons deux fiacres... A propos de fiacres, tu les as payés, n'est-ce pas ?

ALFRED,

Oui, monsieur Moutonnet, et c'est même 38 francs que vous me devez.

MOUTONNET.

Les fiacres nous conduisent à Nogent. Pan ! nouveaux gendarmes ! Nous refilons, et nous prenons le chemin de fer. A Champigny...

ALFRED, *riant.*

Autres gendarmes !

MOUTONNET, *se levant.*

C'est à croire que quelqu'un a prévenu la police, et qu'elle est à nos trousses !

ALFRED.

Dites donc, monsieur Moutonnet, est-ce que, par hasard, ce ne serait pas vous qui l'auriez prévenue ?...

* Moutonnet, Alfred.

MOUTONNET, *indigné.*

Moi ? (*Changeant de ton.*) Je n'y ai pas pensé. — Nous reprenons le chemin de fer, et nous arrivons à la Varenne...

ALFRED.

C'est alors que le sapeur, votre copin...

MOUTONNET.

Dis mon tyran !

ALFRED.

C'est alors que le sapeur, votre cop... votre tyran... a eu la lumineuse idée que nous sommes en train de mettre à exécution.

MOUTONNET.

Quelle lumineuse idée ?... car je ne sais pas encore ?...

ALFRED.

Celle de chercher un endroit clos, où la force armée cessera, enfin, de se mêler de nos petites affaires; et je crois que ce jardin...?

MOUTONNET.

Mais qu'est-ce que nous venons y faire ?

ALFRED.

Je vous l'ai dit : Nous venons y terminer...

MOUTONNET.

Mais puisque Saint-Romain doit faire des excuses, à quoi bon nous promener comme ça ?

ALFRED.

Ah! oui; mais vous savez ce que je vous ai dit: il ne s'exécutera qu'au dernier moment; quand il verra, devant lui, le canon d'un pistolet.

MOUTONNET.

Alors, procurons-lui ce coup d'œil le plus vite possible, et finissons-en! car je te déclare que, si ça dure encore un quart d'heure, je prends mes cliques et mes claques, et bonsoir la compagnie!...

ALFRED.

Vous n'aurez pas cette peine, monsieur Moutonnet. Mais, un dernier mot, pendant que nous sommes seuls : vous ne voulez toujours pas me donner la main de votre fille ?

MOUTONNET.

Mais, mon ami, je t'ai déjà expliqué... (*Passant à droite.*) Et, d'ailleurs, ce n'est pas le moment de parler de ce genre d'affaire, que diable! quand nous sommes sur un volcan!

ALFRED.

C'est bien, monsieur Moutonnet, n'en parlons plus. (*A part.*) Mais il faudra bien que nous en recausions!

SCÈNE V

LES MÊMES, LESCAROL, DUVIVIER, SAINT-ROMAIN,
DUBARÉGE.*

ALFRED.

Ah! vous voici. Eh bien! messieurs, comment trouvez-vous cet endroit?

SAINT-ROMAIN, *d'un ton dégagé.*

Mais, fort gracieux! fort gracieux!

DUBARÉGE, *timidement.*

On y serait très-bien pour déjeuner.

LESCAROL.

Le fait est que ça sera un rude champ de bataille!

MOUTONNET, *insidieusement.*

Dont on pourrait faire un champ... d'excuses.

DUBARÉGE.

En effet...

SAINT-ROMAIN.

En effet... (*Les autres remontent.*)

ALFRED, *bas à Saint-Romain.*

Tenez ferme; vous savez que je vous ai dit qu'il ne céderait qu'au dernier moment.

SAINT-ROMAIN, *bas.*

Oui, mais... ce sapeur m'inquiète.

LESCAROL, *à part, à l'extrême droite.*

Je crois qu'on parle de moi, là-bas.

ALFRED, *bas.*

C'est un faux sapeur, un acteur du Cirque.

SAINT-ROMAIN, *bas.*

Ah! très-bien.

DUVIVIER, *s'avançant.*

Eh bien! monsieur?

SAINT-ROMAIN.

Eh bien! je dis qu'il ne nous reste plus qu'à chercher, dans ce jardin, l'endroit le plus convenable, et si vous le voulez bien...

---

* Dubarége, Saint-Romain, Alfred, Moutonnet, Duvivier, Lescarol.

DUVIVIER, *avec humeur.*

Cherchez-le vous-même! je ne suis pas votre domestique.

SAINT-ROMAIN, *se montant.*

Mais, monsieur!

LESCAROL.

Non, monsieur, nous ne sommes pas votre domestique!

SAINT-ROMAIN, *aimable.*

C'est bien; cherchons donc. (*En remontant.*) Ah! ce pays est vraiment délicieux, et je suis enchanté de ce petit voyage.

DUBARÉGE.

Oui, l'air est vif, ça donne appétit! ça creuse!

MOUTONNET, *à part.*

Quel mangeur! (*Saint-Romain s'éloigne par la gauche, suivi d'Alfred et Dubarége.*)

SCÈNE VI

MOUTONNET, DUVIVIER, LESCAROL.[*] (*Duvivier suit Saint-Romain des yeux d'un air inquiet*)

DUVIVIER.

Moutonnet?

MOUTONNET, *venant à lui.*

Mon ami?

DUVIVIER.

Je ne te cacherai pas que l'attitude de ce Saint-Romain commence à m'inquiéter un peu; ce sang-froid, cette aisance...

LESCAROL.

Le fait est qu'il a l'air... d'un rude lapin!

DUVIVIER.

Tu l'entends.

MOUTONNET.

Oui, mais tu sais ce que je t'ai dit!...

DUVIVIER.

Sans doute; mais enfin s'il allait ne pas reculer?

MOUTONNET.

Eh bien! tu en serais quitte pour...

DUVIVIER.

Me battre, moi?

[*] Moutonnet, Duvivier, Lescarol.

LESCAROL, *à part.*

Plaît-il ?

MOUTONNET.

Comment, tu reculerais?...

DUVIVIER.

Si je reculerais? Comment! j'aurais reçu une calotte, et
j'irais m'exposer, par-dessus le marché, à me faire casser un
membre? Est-ce que tu plaisantes?

LESCAROL, *ébahi.*

Qu'est-ce qu'y dit? qu'est-ce qu'y dit?

MOUTONNET, *avec conviction.*

J'avoue que je partage tout à fait ta manière de voir; mais
enfin, s'il ne veut pas faire d'excuses, qu'est-ce que tu feras? Moi, je sais bien ce que je ferais; mais toi, qu'est-ce
que tu feras?

DUVIVIER.

Dame, il faudra bien que je m'en passe... Et alors...

LESCAROL.

Oui. Et alors... pif! paf! (*Il fait le geste de tirer le pistolet.*)

DUVIVIER, *se récriant.*

Pif! paf?... Et alors, fu! fu! fu! fu! (*Il imite le bruit d'une
locomotive, en faisant le geste de filer.*)

*LESCAROL, *l'imitant.*

Comment? fu! fu! fu! fu!... Ah ça! vous voulez rire,
pas vrai?

DUVIVIER.

Nullement !

LESCAROL.

Comment? vous auriez choisi un p'ral sapeur pour, ensuite... Ah! mais non, mon bohomme, vous vous battrez!
Quand je devrais vous passer mon coupe-choux au travers
de vous-même!

DUVIVIER.

Eh! quoi! Lescarol, vous répondriez ainsi à la confiance
que j'avais en vous?

LESCAROL.

Mais il me semble que je ne puis y répondre qu'en y ré-
pondant z-ainsi.

MOUTONNET.

Je trouve, comme lui, que le choix que tu as fait... d'un
homme de guerre semblait indiquer suffisamment l'intention...

DUVIVIER.

Mais il y a eu un malentendu! Tiens, je t'en fais juge :

Hier, en passant devant sa caserne, j'entends ce sapeur, dont le sourire angélique m'avait déjà prévenu en sa faveur...

LESCAROL, se fâchant.

Monsieur Duvivier!

MOUTONNET, le calmant.

Angélique n'a rien d'offensant pour vous, mon ami.

LESCAROL.

A la bonne heure!

MOUTONNET.

Tu entends donc ce sapeur?

DUVIVIER.

Je l'entends dire à un guerrier... de sa tribu, avec une voix qui me fit l'effet d'une douce musique...

LESCAROL, se fâchant.

Ah! monsieur Duvivier!

MOUTONNET, le calmant.

Musique est pris ici dans le même sens qu'Angélique!

LESCAROL.

A la bonne heure!

DUVIVIER.

Je l'entends donc dire : Moi, d'abord, toutefois et quantes que j'ai z-évu t'une affaire avec un cam'rade, je l'ai toujours arrangée.

MOUTONNET, à Lescarol.

Ah! il est certain que si vous avez dit ça...

LESCAROL.

Eh ben! oui, je l'ai dit et je le répète : Toutes fois et quantes que jai z-évu t'une affaire avec un cam'rade, je l'ai toujours arrangé...

DUVIVIER.

Oui, l'affaire! parbleu!

LESCAROL.

Mais non! (se fendant sur lui) le cam'rade!

MOUTONNET, l'imitant.

Le cam'rade!

DUVIVIER, comprenant.

Ah! c'était le camarade! Eh bien! me voilà dans de jolis draps, moi! Mais voyons, sapeur, erreur n'est pas compte! Et vous ne voudriez pas que je devinsse la victime d'un qui pro quo?

LESCAROL, indigné.

Qui pro... Monsieur Duvivier! on ne doit pas insulter son adversaire sur le terrain.

DUVIVIER.

Mais, mon ami, je ne songe nullement...

LESCAROL.

Vous avez traité monsieur Saint-Romain de *quiproquo*, c'est pas convenable!

DUVIVIER, *à part.*

Quel animal! (*Haut.*) Eh bien! je retire qui pro quo, na! mais promettez-moi...

LESCAROL.

Je vous promets que votre honneur il est entre mes mains, et que je ne le laisserai pas dégrader!

DUVIVIER.

Mais le premier devoir d'un témoin est, avant tout, d'é-viter l'effusion du sang... Je te l'ai dit à toi-même, Mou-tonnet.

MOUTONNET, *doucement.*

Pardon, mon ami; tu m'as dit tout à fait le contraire.

DUVIVIER, *enlevé.*

Eh bien! j'ai eu tort! Et comme il n'est jamais trop tard pour reconnaître ses torts...

LESCAROL, *lui saisissant le bras.*

Monsieur Duvivier, voilà l'ennemi! Boutonnez-vous... pas de linge... de la tenue... ou je ne vous dis que ça! (*Il remonte.*)

DUVIVIER, *se résignant.*

Oui, sapeur. (*A part.*) Heureusement que j'ai tout prévu. (*Il prend dans sa poche des balles de liége, qu'il regarde à la dérobée. Haut, avec énergie.*) Oui, sapeur!

LESCAROL.

A la bonne heure!

SCÈNE VII

LES MÊMES, ALFRED, SAINT-ROMAIN, *et* DUBARÉGE, *
rentrant d'un pas de promenade.

ALFRED.

Ma foi, messieurs, examen fait de la localité, c'est encore cet endroit qui nous a paru le plus convenable...

* Saint-Romain, Dubarége, Alfred, Moutonnet, Lescarol, Duvi-vier.

SAINT-ROMAIN.

A moi aussi ; ainsi, messieurs...

MOUTONNET, *bas à Alfred.*

Dis donc ; mais, c'est qu'il ne canne pas du tout, ton Saint-Romain.

ALFRED, *de même.*

Pas encore ; allez toujours !

MOUTONNET, *de même.*

Allons. (*Haut.*) Allons, messieurs, dépêchons !

DUVIVIER, *à part.*

Dépêchons ! Le traître !

LESCAROL.

Il s'agit donc de mesurer la distance. Nous avons dit quinze pas.

SAINT-ROMAIN, *d'un ton gracieux.*

Pardon, ce n'est pas pour réclamer, mais nous avons dit trente.

DUVIVIER.

Pardon, quarante.

LESCAROL

Pourquoi pas quatre cents, pendant que vous y êtes ?

DUVIVER, *avec dignité.*

Quatre cents si vous voulez !

LESCAROL.

Pauvre chéri !

PICARD, *à la grille en dehors.*

Qu'est-ce que c'est que ça ?

LESCAROL.

Nous allons mesurer vingt pas ; pas un de plus, pas un de moins.

PICARD, *à part.*

Mesurer ?

LESCAROL.

Voyons ; lequel qui vient mesurer avec moi ? (*Dubarége va avec lui. Ils entrent dans la coulisse de droite deuxième plan ; puis, traversant la scène en ligne directe, ils mesurent le terrain. Lescarol fait des pas ordinaires, et Dubarége de pas énormes.*)

PICARD, *à part.*

Ah ! j'y suis, c'est les arpenteurs !

LESCAROL, *s'arrêtant au milieu.*

Permettez... *

* Saint-Romain, Alfred, Dubarége, Lescarol, Moutonnet, Duvivier.

3.

PICARD, *à part.*

Courons prévenir M. Tailfer. (*Il disparait.*)

LESCAROL.

Vous faites de trop grands pas.

DUBARÉGE.

Pardon ; c'est vous qui en faites de trop petits.

MOUTONNET.

Mon Dieu, messieurs, un peu plus petits, un peu plus grands, des pas sont des pas. — Dépêchons, que diable ! Dépêchons. (*Dubarége et Lescarol continuent et disparaissent à gauche en comptant les pas.*

DUVIVIER, *après avoir observé Moutonnet avec défiance, l'amène à l'avant-scène. Saint-Romain et Alfred se tiennent au fond à gauche pendant ce qui suit.*

Dis donc, Moutonnet, est-ce que tu voudrais te débarrasser de moi ?

MOUTONNET.

Moi, grand Dieu !

DUVIVIER, *de même.*

Il paraît que tu as été raide, en conciliation, et ton attitude en ce moment...

MOUTONNET.

Mais, mon ami, dans quel but voudrais-tu que...?

DUVIVIER, *de même.*

Je t'ai prêté trente mille francs... sans reçu, Moutonnet !

MOUTONNET, *furieux et se boutonnant avec énergie.*

Ah ! c'est comme ça !... tu pourrais me croire capable... Eh ! bien...

DUVIVIER.

Pas de phrases !... tu as un moyen de me convaincre.

MONTONNET.

Comment ?

DUVIVIER, *lui glissant des balles de liége.*

Prends ceci.

MOUTONNET.

Qu'est-ce que c'est que ça ?

DUVIVIER, *bas.*

Des balles de liége, — j'ai tout prévu, — tu comprends ? et si Saint-Romain ne se décide pas... (*Il fait le geste de charger le pistolets. Lescarol et Dubarége rentrent en scène.*)

MOUTONNET.

Très-bien ! alors, je ne vois plus de raisons pour lanterner.

(*Haut et s'adressant aux autres, qui reviennent de mesurer le terrain.*) Voyons, messieurs, la distance est-elle enfin réglée? (*Ils redescendent.*)

ALFRED. *

Parfaitement, messieurs.

MOUTONNET.

Alors, il ne nous reste plus...

DUBARÉGE.

Qu'à traiter le côté... soleil.

MOUTONNET.

Comment, le côté soleil?

DUBARÉGE.

Dame!

DUVIVIER.

Oh! mon Dieu, prenez-le, si vous voulez, le soleil!

DUBARÉGE.

Mais nous n'y tenons pas du tout!

DUVIVIER.

En ce cas remettons la chose... à un jour de pluie, et allons déjeun... allons-nous-en!

DUVIVIER *et* SAINT-ROMAIN.

Allons-nous-en!

ALFRED, *les retenant.*

Non pas, messieurs. (*Tirant une pièce de 5 francs de sa poche.*) Voici de quoi tranchèr le différend. — Pile ou face, messieurs. (*Il jette la pièce en l'air.*)

SAINT-ROMAIN *et* DUVIVIER, *ensemble.*

Pile!

ALFRED.

Pardon, messieurs, je recommence. (*Il rejette la pièce*).

SAINT-ROMAIN *et* DUVIVIER, *ensemble.*

Face!

ALFRED.

Voyons, nous n'en sortirons pas; un seul, je vous prie.

DUVIVIER.

Eh bien, pile.

ALFRED.

Messieurs, c'est pile. (*On remonte.*)

SAINT-ROMAIN, *bas à Alfred.*

Voilà que j'ai le soleil contre moi, par-dessus le marché!...

* Saint-Romain, Dubarége, Alfred, Moutonnet, Duvivier, Lescarol.

ALFRED, *lui montrant quelque chose à la dérobée.*

Qu'est-ce que ça te fait? Tiens!...

SAINT-ROMAIN, *de même.*

Du liége! à la bonne heure!...

LESCAROL, *redescendant au milieu.**

Maintenant, il ne s'agit plus que de charger les pétards !

ALFRED, *les prenant sur le banc à gauche et les lui montrant de loin.*

Les voici !

LESCAROL, *allant à lui.*

Ah! ils se portent bien !

SCÈNE VIII

Les Mêmes, TAILFER, *suivi de* PICARD.

PICARD, *dans le fond, à Tailfer.*

Les voilà, monsieur.

TAILFER.

Très-bien. (*S'avançant au milieu d'eux et saluant, le sourire aux lèvres*). Messieurs...**

TOUS, *saluant d'un air étonné.*

Monsieur...

LESCAROL.

Qu'est-ce que c'est que celui-là?

TAILFER.

Messieurs, croyez que je suis heureux... bien heureux de...

MOUTONNET.

Allons, bon! Pardon, monsieur, nous sommes occupés...

LESCAROL.

Oui, et si vous voulez repasser une autre fois...

TAILFER, *un peut interdit.*

Comment repasser?...

MOUTONNET.

D'abord, qui êtes vous?

DUBARÉGE.

Oui, qui êtes vous?

TAILFER.

Qui je suis?... mais je suis le nommé Tailfer... artificier à la Varenne... et...

LESCAROL.

Eh bien, qu'est-ce que vous demandez?

---

* Alfred, Saint-Romain, Duvivier, Lescarol, Moutonnet, Dubarége.

** Alfred, Saint-Romain, Dubarége, Tailfer, Lescarol, Moutonnet, Duvivier.

TAILFER.

Mais... vous le savez aussi bien que moi, messieurs; je demande une indemnité.

LESCAROL.

Ah! messieurs c'est un pauvre! (*Tout le monde se fouille pour lui donner.*)

TAILFER, *continuant.*

Pour le cas où je serais exproprié de cette jolie maison, que je tiens de mes pères.

TOUS, *les uns avec joie, les autres avec dépit.*

Le propriétaire!

TAILFER.

Vous la voyez, messieurs; elle n'est pas grande; mais si commode!... si bien distribuée! — Et puis un jardin qui regorge des fleurs les plus rares... et les plus chères...

LESCAROL, *à part.*

Le fait est qu'ils n'en manque pas. (*Lescarol se met à ceuillir des fleurs à tort et à travers.*)

TAILFER.

Mais, pardon; je vous dérange de vos fonctions, aussi utiles que pénibles, par cet ardent soleil... et...

MOUTONNET.

Oh! pénibles, tant que vous voudrez! quant à être utiles...

TAILFER.

Vous êtes trop modestes, messieurs! La profession de géomètre...

TOUS, *se regardant.*

Géomètres?...

TAILFER.

D'arpenteurs...

TOUS, *de même.*

D'arpenteurs?...

LESCAROL, *qui est occupé à faire un bouquet, s'avance vers le groupe de gauche.*

Mais, c'est pas Dieu possible, il a un verre de vin dans la tête!

TAILFER, *désignant Lescarol.*

Il se peut que monsieur ne soit pas de la partie; mais ces messieurs sont, évidemment... des ar... (*Lescarol va terminer son bouquet dans le fond à droite.*)

ALFRED, *riant.*

Des arpenteurs?...

TAILFER.

Dame!

ALFRED.

Eh bien, puisqu'il faut tout vous dire, vous voyez une société qui a une affaire d'honneur à vider; nous avons choisi votre jardin pour ne pas être dérangés par les gendarmes ; et, si vous voulez nous faire le plaisir de vous éloigner un instant...

TAILFER.

Hein ?... Comment, vous êtes...? ou plutôt vous n'êtes pas... ? Ah! mais alors, messieurs, de quel droit avez-vous pénétré dans ma propriété ? (*Apercevant les pistolets sur le banc, à gauche.*) A main armée ? et, sans doute, avec escalade et effraction !

ALFRED, *s'avançant.*

Pardon, monsieur, mais... (*Dubarége et Saint-Romain remontent.*)

TAILFER.

Oh! mais le cas a été prévu par la loi ! Je vous traînerai devant les tribunaux !

MOUTONNET.

Plaît-il ?

TAILFER.

En police correctionnelle !

MOUTONNET.

En po...po...

TAILFER.

En cour d'assises.

MOUTONNET.

En cour d'a... d'a... (*Il chancelle.*)

LESCAROL, *qui est revenu à droite, le faisant asseoir.*

Assisez-vous, monsieur Dontonnet, asisez-vous !

MOUTONNET.

Eh bien, c'est gentil! Et le jour de ma fête !

LESCAROL, *avec éclat.*

C'est votre fête, monsieur Dontonnet? Alors, permettez-moi de vous la souhaiter bonne et heureuse ! (*Il lui donne le bouquet.*)

TAILFER.

Comment ! et mes fleurs aussi ?... (*Il arrache le bouquet des mains de Moutonnet.*) Ma belle Louise-Margotin !... Ah ! mais vous me la payerez !... Je cours chercher l'autorité, la force armée... la maréchaussée ! (*Il sort en courant par la grille.*)

SCÈNE IX

LES MÊMES, *moins* TAILFER.

ALFRED, *riant.* *

Eh bien ! en voilà une histoire !

* Saint-Romain, Alfred, Dubarége, Duvivier, Lescarol, Moutonnet.

DUBARÉGE, *descendant un peu.*

Ma foi, messieurs, je crois qu'après ce qui vient de se passer, nous n'avons plus qu'à... (*Il fait le geste de filer.*)

ALFRED.

C'est évident, nous n'avons plus qu'à filer...

TOUS, *avec joie, excepté Lescarol.*

Ah! (*Ils remontent.*)

ALFRED, *finissant sa phrase.*

Sur Montereau!

MOUTONNET, *bondissant.*

Comment sur Montereau! Je suis ici, et je n'en bouge plus! (*Il s'asseoit.*)

ALFRED.

Au fait, monsieur Moutonnet a raison, messieurs... Le temps que ce brave homme aille à la Varenne et qu'il en revienne, c'est plus qu'il n'en faut pour en finir.

MOUTONNET.

Eh bien! soit! mais tout de suite!

ALFRED.

Vite, la poudre, monsieur Moutonnet!

MOUTONNET.

La poudre, monsieur Dubarége!

DUBARÉGE.

Mais c'est vous qui l'avez!...

MOUTONNET.

Moi? Ah! oui, c'est vrai. (*Il tire en cachette un cornet de sa poche, l'ouvre par derrière et en laisse tomber le contenu auprès de la serre; à part.*) Au fait, c'est encore plus simple. (*Haut.*) Allons, bon! la poudre est renversée!

DUBARÉGE.

Plus de poudre? Je crois qu'après cela...

LESCAROL, *descendant au milieu.*

Minute! j'ai apporté, à tout hasard, quelques cartouches, et les voici. Donnez-moi des balles, parce que celles-ci sont trop conséquentes!

DUVIVIER, *à Moutonnet.*

Les balles, Moutonnet? (*Bas.*) Tu sais?

MOUTONNET.

Les balles... ah! oui... les voici. (*Les passant à Lescarol.*) Chargez...

LESCAROL.

Hein! des balles de...

MOUTONNET, *bas.*

Chut! c'est convenu avec les autres. (*Il s'éloigne.*)

LESCAROL, *à part.*

Plus souvent que je tremperais dans une pareille gabgie !

ALFRED, *bas à Lescarol, de l'autre côté, lui donnant des balles.*

Vous comprenez ?... Chargez ! (*Il remonte.*)

LESCAROL, *à part.*

Et lui aussi ? Eh ben ! en v'là des pratiques ! (*Il passe à gauche et prend les pistolets.*) Voyons donc, ils ont la bouche large. (*Il prend à la dérobée les balles de plomb et jette celles de liége.*) Juste comme un gant. (*Il charge; les autres sont au fond.*)

MOUTONET, *assis à droite.*

De pareilles tribulations ! le jour de la Saint-Baromètre, de la Saint-Bora... de la Saint-Baro... Ah ! je ne sais plus ce que je dis !...

ALFRED, *s'approchant.*

Monsieur Moutonnet, j'ai un dernier mot à vous dire...

MOUTONNET.

Parle, mais parle vite...

ALFRED.

Monsieur Moutonnet, voulez-vous, pour la dernière fois, m'accorder la main de votre fille ?

MOUTONNET.

Comment, c'est pour ça que... Non... mille fois non !

ALFRED, *à mi-voix.*

Vous savez que je puis encore arranger l'affaire ?

MOUTONNET.

Ça m'est égal !... va te promener... (*A part.*) Il y a du liége !...

LESCAROL.

C'est fait, voilà. (*Il donne les pistolets aux deux témoins, Dubarége et Moutonnet.*) Maintenant, placez les adversaires dos à dos.

MOUTONNET, *à Duvivier.*

Allons, mon ami, viens te mettre... (*Ils se placent dos à dos; Saint-Romain et Dubarége se tournent vers la gauche, Duvivier et Moutonnet de l'autre côté.*)

LESCAROL.

Et rappelons-nous ce que nous ons dit : on va marcher chacun dix pas devant soi; ensuite, monsieur (*il désigne Alfred, qui est à l'avant-scène, à gauche*) frappera trois coups dans sa main, et alors on marchera l'un sur l'autre,

à volonté, et l'on tirera à discrétion. En avant, marche !
(*Ils marchent en comptant les pas et disparaissent dans la
coulisse, à droite et à gauche.*) Halte ! demi-tour ! (*Les témoins reviennent en scène ; Dubarége va rejoindre Alfred ;
Moutonnet vient à Lescarol, qui est à l'extrême droite.*)

ALFRED.

Vous y êtes ?

LESCAROL, *après avoir essayé d'allumer sa pipe avec des allu-
mettes, il ramasse un morceau de papier prés de la serre et
l'allume pour faire prendre feu à sa pipe.*

Et j'ose dire que ça va t'être rigolo !

ALFRED.

Un, deux, trois! Marchez !

MOUTONNET, *à Lescarol.*

Rigolo?... ah ! je comprends ! à cause du liége !

LESCAROL, *allumant sa pipe.*

Du tout !... papa n'est pas venu ici pour faire joujou,
j'ai mis du plomb !

MOUTONNET *et* DUVIVIER, *qui ont entendu.*

Du plomb !... Arrêtez !... (*Lescarol jette son papier enflammé
dans la serre au moment où les adversaires entrent en scène.
— Explosion du feu d'artifice. — Au bruit de l'explosion,
Duvivier et Saint-Romain tombent la face contre terre, en
tournant chacun la tête vers la coulisse. Dubarége se sauve par
la gauche, deuxième plan, Alfred l'imite.*)

MOUTONNET, *courant à Duvivier.*

Blessé ! que faire ?... Ah ! une clef dans le dos ! on dit que
ça arrête le sang. (*Il lui met la clef dans le dos.*)

LESCAROL, *regardant Saint-Romain.*

Fricassé, pareillement !

MOUTONNET.

Oh! cachons ça ! cachons ça !

LESCAROL.

Mais, avec quoi ?

MOUTONNET.

Tenez, avec ces paillassons ! (*Ils les cachent avec les paillassons qui étaient contre la serre.*)

PICARD, *voyant les cadavres.*

Oh !... (*Il fait un signe au dehors.*)

LESCAROL.

Maintenant, mon petit père... Oh ! un tricorne qui vient
de ce côté !... Filons !

MOUTONNET.

Mais, par où ?

ALFRED, *revenant de la gauche, traverse la scène.*

Par-dessus le mur ! (*Il disparaît derrière la serre.*)

LESCAROL.

C'est ça ! (*Il le suit.*)

MOUTONNET.

Mais je ne pourrai jamais ! Sapeur, aidez-moi.

LESCAROL, *de la coulisse.*

Ah ! chacun pour soi, mon bonhomme. (*Il disparaît par-dessus le mur.*)

VOIX AU DEHORS.

Par ici ! par ici !

MOUTONNET.

Mais je vais être pincé ! où fuir ? (*Voyant le tonneau.*) Ah ! sauvé ! Merci, mon Dieu ! (*Il disparaît dans le tonneau qui se trouve au premier plan, à gauche. — Entrent : Tailfer, Véronique, un Garde champêtre, l'Inconnu.*)

TAILFER.[*]

Partis ! ils sont partis !

L'INCONNU.

C'est impossible ! ils étaient six, j'en ai vu fuir trois ; donc...

PICARD.

Monsieur... là... là... deux cadavres !

L'INCONNU, *avec joie.*

Deux cadavres !... (*Il écrit.*)

VÉRONIQUE, *versant de l'eau dans le tonneau.*

En v'là du grabuge !

MOUTONNET, *éternuant.*

Ah ! (*Il se dresse dans le tonneau. En ce moment Duvivier et Saint-Romain se sauvent avec les paillassons qui les couvraient.*)

TAILFER, *les voyant et les poursuivant.*

Ah ! ciel !... mes paillassons qui s'envolent ! ! ! (*Stupéfaction générale. — Tableau.*)

[*] Taillefer, l'Inconnu, Picard.

FIN DU DEUXIÈME ACTE.

ACTE TROISIÈME

Même décor qu'au premier acte.

—

SCÈNE PREMIÈRE

SOPHIE, OLYMPE. *Sophie est assise, à gauche, dans un fauteuil, près du bureau, un journal à la main.*

OLYMPE, *debout.*

Voyons, maman, ne te fais pas d'idées comme ça.

SOPHIE.

Mais, malheureuse enfant, comment veux-tu que je ne me fasse pas d'idées comme ça, quand ton père n'est pas rentré depuis deux jours? Deux jours et une nuit! Et quand je lis, dans ce journal, qu'un horrible duel a eu lieu, où trois personnes ont disparu!... Il doit être du nombre. (*Elle donne le journal à Olympe, qui, après l'avoir parcouru, le dépose sur la table à droite.*) Ah! ils me l'ont tué, assassiné, les brigands!...

OLYMPE.

Maman, tu t'exagères...

SOPHIE, *se levant et venant en scène.*

Je m'exagère!... Et le commerce, qu'est-ce qu'il va devenir, le commerce? Un jour d'échéance! quand il a emporté la clef de la caisse, une caisse à combinaisons, dont je ne sais pas le mot... quand la livraison des pince-nez n'a pas eu lieu, et quand l'Amérique, au contraire, va se présenter pour réclamer l'exécution... C'est la saisie, c'est...

OLYMPE, *insistant.*

Maman, tu t'exagères...

SOPHIE.

Et Félicien, que nous avons lancé à sa poursuite, et dont nous n'avons plus entendu parler, depuis sa dépêche d'hier soir. (*Lisant*) : « Villeneuve-Saint-Georges. Il est dans un » fiacre... Police à ses trousses... Le sapeur a la pipe et la » blague. » (*Gagnant la droite.*) Pourquoi le sapeur a-t-il la blague, que j'avais brodée de?...

OLYMPE, *du fond.*

Maman! voici Félicien!...

* Sophie, Olympe,

SCÈNE II

LES MÊMES, FÉLICIEN, *essoufflé.*

SOPHIE.

Lui!... Eh bien! où est-il? qu'en ont-ils fait?

FÉLICIEN, *tout essoufflé.*

Je n'en sais rien !

SOPHIE.

Il n'en sait rien !...

FÉLICIEN.

J'ai prévenu la gendarmerie à Vincennes, à Nogent, à Villeneuve...

SOPHIE.

Je sais. Après! après!...

FÉLICIEN.

Là, ils ont quitté le sapin; j'ai pris avec eux le chemin de fer, qui nous a conduits à la Varenne.

SOPHIE.

Quand?...

FÉLICIEN.

Hier.

SOPHIE.

Et alors?...

FÉLICIEN.

J'ai prévenu la gendarmerie.

SOPHIE.

C'est convenu. Mais alors?...

FÉLICIEN.

Alors... j'ai perdu leurs traces... j'ai seulement trouvé, près du chemin de fer...

SOPHIE.

Quoi?

FÉLICIEN, *montrant un chapeau aplati, qu'il a déposé dans le fond en entrant.*

Ceci, qui m'a paru ressembler...

SOPHIE, *donnant un coup de poing dans le fond du chapeau pour lui faire reprendre sa forme.*

Son chapeau! plus de doute! Le mien, Olympe, le mien!

OLYMPE, *ne comprenant pas.*

Quoi donc, maman?

SOPHIE.

Mon chapeau, malheureuse!

OLYMPE, *vite.*

Le voici. Où vas-tu donc?...

SOPHIE.

Félicien, courez chez le commissaire, et moi... chez les ministres! (*Elle sort rapidement par la gauche, suivie de Félicien.*)

OLYMPE.

Mais, maman ! (*Voyant qu'elle n'est plus entendue, elle sort par la droite. Au moment où elle sort de scène, Moutonnet paraît au fond, vêtu en cantonnier; il a l'air exténué.*)

SCÈNE III

MOUTONNET *seul, un drapeau de cantonnier à la main.*

Enfin, je suis chez moi !... (*Il tombe dans un fauteuil, au fond.*) J'ai les reins en compote... (*se relevant aussitôt*) et le reste aussi. (*Il vient s'asseoir à gauche, près du bureau.*) A peine au sortir... de mon tonneau, après avoir reçu une douche, je traverse la Varenne comme un boulet de canon, poursuivi par les enfants, par les chiens et par les gendarmes. Arrivé à la haie du chemin de fer, je la franchis d'un bond; je veux me cramponner à un train qui passait, mais la vapeur m'envoie rebondir sur une porte, que j'enfonce... de dos... J'étais dans la cabane d'un cantonnier. Mais je n'étais pas sauvé; ils étaient toujours à mes trousses; quand mes mains rencontrent une veste, une casquette et un drapeau. (*Se levant.*) Ces indices m'éclairent et m'inspirent; j'endosse la veste, j'enfonce la casquette, je me saisis du drapeau et je m'avance hardiment vers l'ennemi; — Celui que vous cherchez s'est sauvé par là, leur dis-je. « C'est pas vrai ! » disent les uns. « C'est possible, » disent les autres. Bref, on laisse des sentinelles et le reste se disperse à travers champs. Il fallait bien rester là, sous peine de me trahir. Mais voici le chiendent : c'est qu'un train s'avançait. Que faire?... Je me rappelle que les cantonniers font comme ça avec leur drapeau... je fais comme ça avec mon drapeau... (*il agite son drapeau*) et aussitôt la locomotive s'arrête sur place, en grinçant. Il paraît que j'avais fait le signal d'arrêt. Cette manœuvre n'avait rien de désastreux en elle-même ; mais le train d'ensuite venait à toute vapeur sur le train que j'avais arrêté !... Là-dessus... là-dessus, j'ai fermé les yeux, j'ai pris mes jambes à mon cou, j'ai été complétement idiot pendant quelques heures, et me voilà ! je ne sais pas comment, par exemple, mais me voilà !... (*Il s'assied à droite.*) Ouf !... Mais ce n'est pas le tout; cette affaire ne peut pas manquer d'avoir des suites terribles !... (*diminuendo*) terri... ter... Tiens, mais, au fait... ce pauvre Duvivier ne dira rien... Saint-Romain... non plus; les témoins ont tout intérêt à se taire... et je ne vois plus de raisons pour... (*En disant cela, il a pris le journal laissé sur la table et l'a parcouru des yeux.*) Qu'est-ce que c'est que ça?... (*Lisant.*) « Un duel affreux vient d'avoir lieu dans les » environs de la Va...renne... » Oh! ça y est !.. (*Continuant.*) « Un des témoins, nommé Mou... nommé Mouton...

» nommé Moutonnet..., » Ça y est aussi... Ces journalistes, je vous demande un peu de quoi ils se mêlent !... (*Il remet le journal sur la table.*) Mon Dieu ! je sais bien qu'on ne me mangera pas pour ça ! je n'ai tué personne, moi... on ne peut donc rien me faire... mais ça sera encore du dérangement, des allées et venues chez le commissaire, et j'ai eu assez de tintoin comme ça. Aussi je vais aller passer quelques jours à la campagne, bien tranquillement, jusqu'à ce qu'il ne soit plus question de tout ça.

SCÈNE IV

MOUTONNET, OLYMPE.

OLYMPE, *au fond, à la cantonnade.*

Oh ! il ne peut tarder à rentrer, et si vous voulez bien l'attendre un peu...

MOUTONNET.

Ma fille !

OLYMPE.

Papa ! Te voilà donc enfin, te... mais que signifie...?

MOUTONNET.

Ah ! oui, ce costume... Je vous conterai tout cela. Mais ce n'est pas de ça qu'il s'agit pour l'instant : donne-moi ma jaquette, et tu vas me préparer mon sac de nuit.

OLYMPE.

Tu pars?

MOUTONNET.

Oui, et le plus tôt possible.

OLYMPE.

Une affaire?

MOUTONNET.

Non, un petit voyage d'agrément, mais très-pressé ; va !...

OLYMPE.

J'obé... (*Elle remonte.*) Ah ! et moi qui oubliais... Il y a quelqu'un qui demande à te parler. (*Elle redescend.*)

MOUTONNET.

Qui donc?

OLYMPE.

Le fils de monsieur Duvivier.

MOUTONNET, *bondissant.*

Le fils de Duvivier !... de...

OLYMPE.

Oh ! il n'est pas joli, joli...

MOUTONNET.

Qui ça, Duvivier?

OLYMPE.

Non, son fils.

MOUTONNET.

Je ne veux pas le recevoir, dis-lui...

OLYMPE, *apercevant Gustave, qui paraît au fond.*

Il n'est plus-temps, le voici.

GUSTAVE, *saluant.*

Mademoiselle...

OLYMPE.

Monsieur... (*A part.*) Oh! j'aime bien mieux monsieur Alfred. (*Elle sort à droite.*)

SCÈNE V

MOUTONNET, GUSTAVE DUVIVIER.

MOUTONNET, *à part.* *

Le fils de la victime!

GUSTAVE.

Je vous prie de m'excuser, monsieur, mais ayant adressé trois télégrammes à mon père, depuis trois jours, et n'ayant pas reçu de réponse...

MOUTONNET, *à part, d'un ton pénétré.*

Le contraire seul m'aurait étonné. (*Haut.*) Il s'agissait donc d'une affaire bien importante?

GUSTAVE.

Il s'agit d'une livraison de trente mille mètres de drap; pour les Pompes funèbres.

MOUTONNET, *frissonnant.*

Pour les Pompes...

GUSTAVE.

Et je voulais m'entendre avec lui à ce sujet.

MOUTONNET, *à part.*

Et dire qu'il sera peut-être enveloppé dans sa marchandise!... (*Il lui offre la chaise de droite et passe derrière lui, Haut.*) Vous vous occupez donc aussi de commerce? **

GUSTAVE. *Il met son chapeau sur la table et prend lentement la chaise.*

Que voulez-vous? les causes célèbres sont rares, et en attendant qu'il m'en tombe une du ciel, j'assiste mon père dans son industrie.

MOUTONNET.

C'est très-bien, mon ami, c'est très-bien.

GUSTAVE, *s'asseyant.*

Mais dites-moi, monsieur Moutonnet, mon père est toujours à Paris, n'est-ce pas? et chez vous?

MOUTONNET, *prenant la chaise de gauche.*

Oui ; mais, pour l'instant...

* Gustave, Moutonnet.

** Moutonnet, Gustave.

GUSTAVE.

Il est sorti?

MOUTONNET , *s'asseyant.*

Oui, il est... extrêmement sorti.

GUSTAVE.

Mais il va, sans doute, rentrer?

MOUTONNET.

Oui, oui. (*A part.*) Je ne sais comment lui apprendre. (*A part.*) Ah, j'ai mon joint. (*Haut.*) Dites-moi, mon cher enfant, vous qui êtes avocat : quelle est votre opinion sur le duel?

GUSTAVE.

Mon opinion!... mais il me semble qu'il ne peut en exister qu'une seule, sur une infraction aussi scandaleuse à toutes les lois, divines est humaines!

MOUTONNET.

Ah! vous trouvez que le duel...?

GUSTAVE.

Est-ce que vous seriez, par hasard, le partisan...?

MOUTONNET.

Moi? grand Dieu! — mais, pourtant il est certains cas...

GUSTAVE.

Non, monsieur! Le duel, c'est l'addition d'un crime à une faute quand on est l'agresseur, et l'addition d'une duperie à une injure quand on est l'offensé!

MOUTONNET, *à part.*

Il parle bien. (*Haut.*) Ma foi, j'avoue que je suis tout à fait de votre avis! et je trouve qu'on a bien raison de punir ces enragés qui, les armes à la main...

GUSTAVE, *se levant, avec vivacité.*

On ne les punit pas assez, monsieur!

MOUTONNET, *avec force.*

Non, monsieur!

GUSTAVE.

Les témoins, surtout!

MOUTONNET, *entraîné d'abord.*

Les témoins surt... Ah!... les...

GUSTAVE.

Les témoins, qui, en réalité, sont les seuls et les vrais coupables!

MOUTONNET.

Comment, les seuls coupables?

GUSTAVE.

Oui, monsieur, les seuls! Et comment les punit-on, je vous le demande? d'un peu d'amende, et d'un peu de prison!

MOUTONNET.

De prison?

GUSTAVE.

Et en cas, de blessure grave, seulement.

MOUTONNET, *se levant.*

Oui — mais en cas de... de... de... de...

GUSTAVE.

Oh! en cas de mort, la peine augmente, en proportion, naturellement.

MOUTONNET.

Oui... mais, dans une proportion... qui ne peut jamais s'élever très...

GUSTAVE, *se rasseyant.*

Mon Dieu! tout dépend des circonstances. — Le silence de la loi assimilant, forcément, le duel à un homicide volontaire, avec préméditation...

MOUTONNET.

Comment, avec préméditation?...

GUSTAVE.

Sans doute; *(continuant)* lorsqu'il y a eu, non-seulement tentative de meurtre, mais exécution, les témoins sont considérés comme complices...

MOUTONNET, *fléchissant.*

Complices!

GUSTAVE.

Et le jury...

MOUTONNET.

Le jury!

GUSTAVE, *achevant.*

Peut leur appliquer les peines les plus graves. Et son seul tort, si sévère qu'il soit aujourd'hui, c'est de ne l'être jamais assez! *(Il reporte la chaise à droite.)*

MOUTONNET, *tombant anéanti dans le fauteuil.*

Eh ben, ça va bien!

GUSTAVE, *soudainement et revenant à Moutonnet.*

Ah! je dois reconnaître qu'il est un cas où le jury...

MOUTONNET, *respirant un peu.*

Ah!

GUSTAVE, *finissant sa phrase.*

Est toujours sans pitié.

MOUTONNET.

C'est?...

GUSTAVE.

C'est lors que le duel a eu lieu dans un endroit entouré de haies ou de fossés!

MOUTONNET, *se soulevant à demi.*

Et quand c'est un mur?

GUSTAVE.

Oh! quand c'est un mur, c'est le bouquet! *(Moutonnet*

4

*tombe à la renverse en entraînant son fauteuil dans sa chute.
Gustave le relevant.)* Mais qu'avez-vous donc, monsieur,
Moutonnet?

MOUTONNET.

Rien, mon ami, je n'ai rien. (*A part.*) C'est le bouquet!

GUSTAVE.

Vous ne vous êtes pas blessé?

MOUTONNET.

Non; au contraire.

GUSTAVE, *allant prendre son chapeau.*

Allons, puisque mon père ne rentre pas, je vous laisse; je
reviendrai plus tard; au revoir, monsieur Moutonnet,
au revoir. (*Gustave salue et sort*)

SCÈNE VI

MOUTONNET, *puis* OLYMPE *et* SOPHIE.

MOUTONNET, *qui suit Gustave des yeux, en silence,— un temps,
— s'avançant vers la rampe à droite.*

Ce n'est plus à la campagne qu'il va falloir aller, maintenant! c'est en Belgique!... c'est à l'Equateur!... pour y
apprendre enfin les lois de mon pays! (*Moutonnet remonte
pour sortir; il se trouve en face de sa femme, qui vient d'entrer
par la porte latérale de gauche.*) Ma femme!

SOPHIE.

Ah! vous voilà donc, monsieur?

MOUTONNET.

Oui, ma bonne, me voilà; mais...

SOPHIE.

Ah! vous en faites de belles, vous!

MOUTONNET.

Oui, j'en fais d'assez belles, je te remercie; mais il faut...

SOPHIE, *lui barrant le passage.*

Il faut que vous m'écoutiez!

MOUTONNET.

Oui, bobonne; mais alors dépêche-toi.

SOPHIE.

Je me dépêcherai si je veux!... Vous saurez d'abord,
monsieur, que je sais tout!

MOUTONNET.

Alors, si tu sais tout, il est inutile... (*Il veut s'esquiver.*)

SOPHIE, *le faisant redescendre.*

Des nuits passées en fiacre! Des murs escaladés! Des
combats de gladiateurs! Votre meilleur ami massacré par
votre faute!

MOUTONNET.

Oh! pardon!...

SOPHIE.

Je sais tout, vous dis-je ! J'ai vu votre dossier... Car vous
avez un dossier, monsieur, comme Mandrin, comme Car-
touche !

MOUTONNET.

Ah ! j'ai un doss... Eh bien ! raison de plus pour me
soustraire par la fuite...

SOPHIE.

La fuite ? mais alors, malheureux, ce ne serait plus seulement une simple faillite !

MOUTONNET.

Une faillite ?

SOPHIE.

Mais une banqueroute !

MOUTONNET.

Une banque... Ah ça ! voyons, qu'est-ce que tu me dis ?
Tu me parles de faillite, de...

SOPHIE.

Sans doute ; n'était-ce pas hier jour d'échéance ?

MOUTONNET.

En effet, mais...

SOPHIE.

Et comme je n'avais pas la clef de la caisse, je n'ai pas pu
payer... Et voilà notre crédit perdu !... Et, tout à l'heure,
ça va être le tour des sommations, des protêts...

MOUTONNET.

Voyons, calme-toi, Sophie... on payera.. (*Allant à la
caisse.*) Je vais te donner l'argent nécessaire. (*En disant cela
il a cherché dans sa poche.*) Eh bien ! où est donc la clef de ma
caisse ?... Non ! je ne l'ai pas...Où diable...? (*Avec explosion.*)
Ah ! je me souviens ! dans le dos de Duvivier !...

SOPHIE *

Tu dis ?

MOUTONNET, *froidement.*

Je dis qu'elle est restée dans le dos de Duvivier.

SOPHIE.

Comment ! dans le dos de... On s'est donc battu aussi à
coups de clef ?

MOUTONNET.

Mais non ! on dit que ça arrête le sang ; et, quand je l'ai
vu tomber, je lui ai fourré, à tout hasard... Enfin elle se
retrouvera.

SOPHIE.

Et si elle ne se retrouve pas ?

MOUTONNET.

On brisera la caisse !...

* Moutonnet, Sophie.

SOPHIE.

Fi, monsieur, une pareille conduite !

MOUTONNET, *traversant à droite.*

Ah ! c'est trop fort à la fin ! c'est à moi qu'on s'en prend ! quand j'ai été trompé, entraîné, forcé !...

SOPHIE.

Par qui ? (*Lescarol paraît au fond*).

SCÈNE VII

LES MÊMES, LESCAROL.

MOUTONNET, *se retournant.*

Par qui ? (*Apercevant Lescarol.*) Mais par lui ! par ce sapeur enragé !

LESCAROL, *froidement.*

Monsieur Moutonnet, n'ajoutez pas l'invective à votre conduite envers moi, si vous tenez le moindrement à l'existence.

MOUTONNET.

L'existence ?

LESCAROL, *lui rendant sa pipe et sa blague vide.***

Reprenez d'abord ces bibelots, que j'ai pu *acceptére*... de l'amitié, mais que je ne saurais *occupére* plus avant, dans la conjecture où que nous sont.

MOUTONNET.

Ah çà ! me direz-vous au moins...?

LESCAROL.

Vous saurez, d'abord, que je suis investi d'un mois de salle de police... à cause de vous.

MOUTONNET.

Comment, à cause de ?...

SOPHIE.

Vous l'entendez !... (*Elle sort par la gauche en haussant les épaules.*)

LESCAROL.

Oui, pour n'avoir pas mangé à la gamelle depuis deux jours.

MOUTONNET.

Et vous dites que c'est moi qui suis cause...?

LESCAROL.

Tesez-vous ! La salle de police n'aurait rien... d'incompatible par soi-même ; mais v'là les camarades qui me blaguent, par-dessus le marché ; et vous comprenez que...

* Lescarol, Sophie, Moutonnet.
** Sophie, Lescarol, Moutonnet.

MOUTONNET.

Mais ce n'est pas ma faute si...

LESCAROL.

Tesez-vous, que je vous dis ! Ils me blaguent parce qu'ils disent que je suis-t-un blagueur ; et ils disent que je suis-t-un blagueur, parce que vous m'avez blagué !

MOUTONNET.

Moi ! je vous ai...?

LESCAROL.

Vous m'avez blagué, en ne me faisant pas *fulgurer* mon nom dans les journaux, au vis-à-vis de messieurs les vôtres.

MOUTONNET.

Ah ! c'est pour cela que...

LESCAROL, *comme si sa phrase était finie.*

C'est pour cela que ! J'ai z'été au feu, j'ai le droit d'être sur l'ordre du jour.

MOUTONNET.

Mais vous devez bien penser que ce n'est pas moi (*il se frappe la poitrine*) qui ai fait mettre dans les journaux...

LESCAROL.

Pas de délégations ; elles seraient oiseuses... Vous allez, simplement, me faire celui d'envoyer au journal... un mot de renfort... vous entendez, un mot de renfort, pour faire assavoir à la France entière que moi, Lescarol, caporal-sapeur, au 74°...

MOUTONNET, *furieux.*

Que j'écrive au journal pour cela ?

LESCAROL.

Je vous y invite.

MOUTONNET.

Mais, brigand ! tu ne vois donc pas que je ne suis déjà que trop compromis ?

LESCAROL, *froid.*

Je ne sais pas si vous l'êtes trop, mais, moi, je trouve que je ne le suis pas-t-assez. Ainsi, mon trésor...

MOUTONNET, *exaspéré.*

Des lunettes !...

LESCAROL.

Des... (*Se calmant tout à coup et prenant Moutonnet par le bras.*) Coute bien ce que je te dis : un mot de renfort, ce soir ! ou demain au matin, deux sapeurs de mes amis. —Voilà.—(*Il remonte vers la droite ; Alfred paraît au fond.*

4.

SCÈNE VIII

LES MÊMES, ALFRED.

MOUTONNET. *

Mais c'est à se manger les cheveux ! (*Apercevant Alfred.*)
Ah! Alfred ! toi seul peux m'extirper de ces catacombes...
Toi seul...

ALFRED, *s'inclinant.*

Monsieur Moutonnet, hier, au sortir de votre tonneau
(*nouveau salut*), vous m'avez promis la main de votre fille
si je parvenais à étouffer l'affaire. L'affaire est étouffée, et
je viens vous prier de...

MOUTONNET.

Comment, étouffée ?... quand, au contraire , les journaux... quand j'ai un dossier à la préfecture !

LESCAROL, *à part.*

Voyez-vous, l'intrigant ?... Il a un dossier... lui !

ALFRED.

Enfin, elle est arrangée, si vous l'aimez mieux...

MOUTONNET.

Arrangée ?... tu appelles ça arrangée, toi ? quand Duvivier... quand l'infortuné Duvivier...!

ALFRED.

L'infortuné Duvivier ?... je viens de le rencontrer au bras
de son fils.

MOUTONNET.

Duviv... au bras de... Mais, alors, il ne serait donc pas
mort ?

LESCAROL.

Ou c'était un faux mort.

ALFRED.

Précisément.

MOUTONNET.

Mais, pourtant, je l'ai vu tomber.

ALFRED.

Oui.

MOUTONNET.

Mort !

---

* Alfred, Moutonnet, Lescarol.

ALFRED.

Non!... de peur.

LESCAROL, *à lui-même*.

Mais dans quelle société que je me suis donc fourré, mon Dieu !

ALFRED.

Ah ! tenez, justement le voici !

SCÈNE IX

LES MÊMES, DUVIVIER.

MOUTONNET, *allant à Duvivier*.

Lui?... Oui... c'est bien lui, vivant !

LESCAROL.

Oh ! il remue !

DUVIVIER, *froidement*.

Monsieur Moutonnet...

MOUTONNET.

Il parle ! il a parlé... Dans mes bras, mon ami, dans mes...

DUVIVIER, *le repoussant doucement*.

Monsieur Moutonnet, je ne veux pas rechercher le motif de votre conduite dans tout ce qui vient de se passer ; je ne veux pas sonder la cause de votre roideur, de votre refus d'entendre à aucun arrangement, je ne le veux pas. (*Lescarol hausse les épaules avec un rire muet.*)

DUVIVIER, *continuant*.

Mais je vous ai prêté, sans reçu, trente mille francs, dont l'échéance est arrivée, et je viens vous prier de vouloir bien me les restituer.

LESCAROL.

Mazette !

MOUTONNET.

Te... te les restituer ?

DUVIVIER.

Ne seriez-vous pas en mesure, ou voudriez-vous, par hasard...?

MOUTONNET.

Oh ! ils sont là. (*Il désigne la caisse.*) Et je vais te les rendre, si tu y tiens ; mais je t'avouerai que si tu pouvais me les laisser encore quelque temps...

DUVIVIER.

Non, monsieur, je ne le puis pas.

MOUTONNET.

C'est bien, c'est bien, il suffit ! (*Il se dirige vers la caisse.*)

LESCAROL, *à part.*

Il va recevoir sa paye.

SCÈNE X

LES MÊMES, SOPHIE. *Elle entre d'un air tragique; elle tend en silence à Moutonnet deux lettres.*

MOUTONNET, *s'arrêtant.*

Qu'est-ce que c'est que ça ?

SOPHIE, *avec ironie.*

Votre courrier, monsieur !

MOUTONNET.

C'est bien. Je lirai ça plus tard.

SOPHIE.

Tout de suite, monsieur. (*D'un ton sinistre.*) Il y a une réponse.

MOUTONNET, *avec impatience.*

Allons !

DUVIVIER, *à part.*

Ces retards m'inquiètent. (*Il gagne la droite.*)

MOUTONNET, *au milieu du théâtre, après avoir parcouru des yeux la lettre que sa femme lui a remise.*

Ah! de mon capitaine! (*Lisant.*) « Nous ne saurions admettre aux honneurs de l'épaulette un homme qui se fait un pareil jeu de la morale et de la loi. » Eh bien ! elle est bonne celle-là !... quand c'est justement une des raisons qui m'ont décidé... Enfin, je m'en passerai, je... (*Duvivier s'asseoit à droite.*)

SOPHIE, *montrant la seconde lettre.*

Vous ne m'aviez pas dit que ce duel avait été aussi une partie de plaisir.

MOUTONNET, *confondu.*

Une partie de plaisir ?

SOPHIE.

Une petite orgie de la Régence !

MOUTONNET.

Une org...?

SOPHIE, *l'interrompant.*

Oh ! voici le menu de la fête et rien n'y manque ! (*Lisant.*) « Dévastation d'un jardin, pour la confection d'un bouquet.—Cinq cents francs. »

MOUTONNET.

Oui, mais c'est le sapeur qui...

LESCAROL, *descendant à lui.*

Mais c'était pour vous, monsieur Soutonnet, à l'occasion de votre fête.

SOPHIE, *continuant.*

« Feu d'artifice et incendie d'une serre à la suite, » comme Néron !

MOUTONNET.

C'est toujours le sapeur qui...

SOPHIE, *achevant.*

Et, enfin, défoncement de tonneau, monsieur Moutonnet ! défoncement de tonneau !

LESCAROL.

Ah! ça, c'est vous, mon petit père ! (*Il remonte.*)

MOUTONNET.

Oui, ça c'est moi; mais ce n'était pas du vin qu'il y avait dedans, c'était...

SOPHIE, *avec ironie.*

De l'eau, n'est-ce pas ?

MOUTONNET, *grelottant.*

Et de l'eau fraîche encore !

SOPHIE.

Eh bien, l'eau coûte cher à la Varenne, car voici le montant de la note. (*Elle la lui passe.*)

MOUTONNET, *se récriant.*

Comment? (*A part.*) Mais au fait, je n'ai pas le temps de marchander, moi. (*Haut.*) Eh bien, c'est bon, on payera ! et je vais...

DUVIVIER, *se levant et venant à Moutonnet.*

Et mes trente mille francs?

MOUTONNET, *il porte la main à sa poche.*

Ah! j'oublie toujours que c'est lui qui a... (*Il désigne Duvivier du geste, s'approche de lui et lui tâte le dos.*)

DUVIVIER.

Qu'est-ce qu'il a donc?

MOUTONNET, *vite, mais avec douceur.*

Je ne sens rien. Déshabille-toi, mon ami.

DUVIVIER.

Comment, que je...?

LESCAROL, *venant à lui, à droite.*

Allons, déshabillez-vous, puisqu'on vous le dit.

MOUTONNET, *toujours impassible.*

Oui, elle aura glissé, et je te prie de...

DUVIVIER.

Qui?... quoi?... qui aura glissé?

MOUTONNET, *toujours du même ton.*

Ma clef, mon ami.

DUVIVIER.

Ta clef? mais quelle clef?

MOUTONNET.

La clef de ma caisse, que je t'ai fourrée dans le dos, pour arrêter le sang, et dont j'ai besoin pour...

DUVIVIER.

Ah! je comprends! c'est une défaite pour ne pas me rembourser.

MOUTONNET.

Puisque l'argent est là... il ne s'envolera pas! mais pourvoyons d'abord à notre sûreté.

DUVIVIER.

Comment notre sûreté?

MOUTONNET.

Tu es vivant, toi!... j'en suis bien aise; mais Saint-Romain?...

ALFRED, *descendant entre Moutonnet et Duvivier.*

Saint-Romain? mais il déjeune avec Dubarége depuis vingt-quatre heures! Et je vous somme de tenir la promesse...

MOUTONNET.

Il déjeune? Eh bien, prouve-moi ça d'abord, et alors...

SCÈNE XI

Les Mêmes, OLYMPE, *suivie de* L'INCONNU, *qu'elle introduit en scène.* *

L'INCONNU.

Monsieur Moutonnet, s'il vous plaît?

SOPHIE.

Encore lui?

MOUTONNET.

Qu'est-ce que c'est que c't homme-là?

L'INCONNU.

Monsieur Moutonnet?

MOUTONNET, *tremblant.*

C'est... c'est moi, monsieur!

L'INCONNU, *après avoir salué.*

Monsieur, j'ai eu jusqu'ici les renseignements les plus minutieux sur le duel où vous avez joué le principal rôle.

MOUTONNET, *se défendant.*

Monsieur...

L'INCONNU.

Le principal, monsieur Moutonnet.

* Sophie, Moutonnet, Duvivier, Alfred, Lescarol.

DUVIVIER, *appuyant.*

Le principal!

LESCAROL, *à part.*

Eh ben, et moi donc?...

L'INCONNU.

J'espère maintenant que vous voudrez bien confirmer vous-même... (*Mouvement de Moutonnet.*) Oh! inutile de me tromper! Je sais tout!

MOUTONNET, *aux autres, bas.*

C'est quelqu'un de la justice.

L'INCONNU.

La fuite par escalade, la disparition des cadavres.

MOUTONNET, *montrant Duvivier.*

En voici déjà un, monsieur, mon ami Duvivier.

L'INCONNU.

Ah! fort bien!... un cadavre retrouvé... (*Il écrit sur ses tablettes.*) Mais monsieur Saint-Romain?

MOUTONNET.

Mon Dieu, monsieur, nous avons bon espoir de le retrouver aussi.

L'INCONNU, *écrivant.*

On espère retrouver également... (*S'interrompant.*) Mais l'espoir ne suffit pas, monsieur, il faut prouver.

MOUTONNET, *désignant Alfred.*

C'est justement ce que j'étais en train de dire à monsieur quand vous êtes entré.

L'INCONNU.

Ah! monsieur prétendait que monsieur Saint-Romain...?

ALFRED.

Et je le prétends encore, et je vais vous en donner la preuve.

TOUS.

Comment?

ALFRED.

Par ce procès-verbal du garde champêtre de la Varenne, qui constate que les pistolets n'ont pu tuer personne, attendu qu'ils ont été retrouvés chargés, tous les deux.

L'INCONNU, *prenant le papier.*

En effet, en effet! (*Alfred va se placer à côté d'Olympe à gauche.*)

MOUTONNET.

Enfin, je respire!

L'INCONNU.

C'est fort bien; l'affaire se réduit à une tentative de meurtre.

MOUTONNET.

Que vous serez assez généreux pour étouffer, n'est-ce pas ?

L'INCONNU.

Oh! impossible! Il faut que l'affaire ait son cours.

SOPHIE.

Oh! monsieur, nous vous prions...

OLYMPE.

Nous vous supplions...

L'INCONNU.

Je ne puis cependant me dispenser d'en faire connaître le dénoûment... à mes lecteurs.

MOUTONNET.

A vos lecteurs? Mais qui êtes-vous donc ?

L'INCONNU.

Mais... c'est moi qui rédige les Indiscrétions parisiennes... dans le *Mémorial des Batignolles.*

MOUTONNET.

Dans *le Mémorial des...* (Avec éclat.) Mais alors, vous n'êtes donc pas?... Ah! sapristi! je suis bien content! Mais, c'est égal, si on me reprend jamais à être témoin!...

ALFRED, *de sa place.*

Excepté de notre bonheur, papa Moutonnet.

MOUTONNET.

Heuh! je consulterai un homme de loi.

LESCAROL.

Oui, monsieur Soutonnet.

MOUTONNET.

Mais j'y pense! Dites donc, sapeur? je vais profiter de la présence de monsieur pour...

LESCAROL.

Pour quoi faire?

MOUTONNET.

Vous savez, pour le petit mot... de renfort.

LESCAROL, *s'avançant, à Moutonnet.*

Minute! maintenant que l'affaire a tourné en os de boudin, si vous m'y faites *infuser*, c'est pas deux sapeurs que je vous enverrai, c'est quatre sapeurs !...

MOUTONNET.

Quatre sapeurs? Merci, j'en ai assez d'un !

FIN.

17) — Paris. — Typ. Morris et Comp, rue Amelot, 64.